U0068630

文學動起來

一個應時文創的新藍圖

周慶華 著

序

　　比起其他藝術如繪畫、音樂、舞蹈、建築和雕塑等，文學這種語言藝術可以說更切合人的需求，且形式和技巧也自由多了。這是因為前者有媒材和特定表現方式的限制，總不如文學僅靠語言就能夠隨意變形或巧構化而成為美感的對象，以至相對上其他藝術但以為襯托而存在，比較難以獨自主導審美的進程；更何況我們要創作或理解它們，還得以文學語言作為中介，整體的思路才有一個準的呢！

　　由於文學有這樣的方便性，而人又不能只依賴理性過活，所以古來文學在引導人趨入或沉浸感性的世界上就扮演了很重要的角色。除了有能耐的人，刻意發為著作，可供流傳，我們還知道有公私的勒石刻碑，以及能夠在山水名勝和寺廟園苑看到文人閒適的筆觸，甚至一畫一扇和新齋舊硯也都不乏有高才的題詠；而這些沒有機會著錄於典冊的，還會有好事者將它們蒐集梓行，共譜一闋天地的佳音。

　　上述是著重以文學來縮結人情和諧和自然的中國傳統的情況，它在氣化觀這一世界觀的周浹蘊蓄下，已自我摶成一種獨特的優容典雅的審美形態。反觀西方社會，早被創造觀那一世界觀所籠罩，文學從繆思來又回歸到對神的禮讚和仿效，總是顯出一副挑戰自然和媲美上帝的昂揚高蹈姿態。因此，它的流布就多在感靈的吟遊詩人口中，或者進駐劇院去呼應神威，很少讓它深入里巷或山野；而不像中國傳統所見的那樣「人性化」，可以四處現踪於自家的聯語和亭臺樓閣的詠嘆，以及諸如唐代旗亭賭唱故事或相逢琵琶女彈曲而感賦那般的隨地風雅逗趣。

但不論如何，文學發展到了今天，受到多方文化相涵化的影響，已經走上雜揉變異的道路，並且要在全球化思潮的氛圍中尋找自己的新身分。這是表示文學不再如古代那樣僅為人調和理性的憑藉，它還得更進一層轉來發揮淑世的功能，普遍化於各場域，以為對治因全球化過度耗費資源所導致能趨疲（entropy）危機的困境，才能確立它繼續存在的必要性或時代意義。在這個前提下，啟動文學來服務社會，也就成了這一波參贊救世事業可以顯功的一大保證。換句話說，還沒有其他途徑能夠像文學這樣有辦法兼顧美化人心環境和減緩能趨疲的壓力，因此我們對它多加寄望，也就等於知所進入後全球化時代重新過一種清貧而不失高尚的生活。

　　基於這個緣故，我以一個始終不忘關懷世界永續經營的過來人立場，發出這一番文學服務的籲請，希望有志於此的文學同好都能起而響應，一道致力於文學淑世偉業的開展。書中既有從事文學服務條件的明列，又有相關文學服務的策略和具體作法的規模，合而體現一套實證有成且能推廣無礙的理論體系，無妨大家引為開啟新行業和立志渡化世界的優先依據。

　　因為在進行理論建構的過程中，也兼從事實際的文學服務，而得到一些朋友的協助，所以在這裡要提一提他們的芳名，以誌不忘。首先是王萬象教授，他不但全程附和，而且還無怨無悔的親自參與布置的工作，使得文學服務的實踐順利了許多。其次是王裴翎、黃春霞、周珮瑜、曾振源、杜清哲和何秋堇伉儷等，他們分別代為收發資訊、幫忙拍攝民宿和東大校園景觀，以及開車陪我到山阪水湄取景，而讓整本書可以圖文相映，增加可讀性。有了這些因緣，文學動起來的願景，無異已在眼前悠然的浮現了。

周慶華

目次
CONTENTS

在後全球化時代想文學

艾菲爾鐵塔在設計前，以小說家莫泊桑（G. de Maupassant）和小仲馬（A. Dumas, Jr）為代表的數十位著名人士，連署極力反對它的興建，他們認為「這個乾巴巴的鐵架，會給我們巴黎帶來無比的侮辱和破壞」；但建成後，這些文人卻也經常光顧鐵塔。有人問莫泊桑為什麼常去鐵塔吃飯，他的回答是「只有在那裡面，才看不到鐵塔這個怪東西」。或許這會被批評為一場鬧劇，自我辯解的人最後都成了令人發噱的丑角。但從另一個角度看，科技造就了艾菲爾鐵塔，而文學人在抵拒不了的情況下，卻可以為它「粧點風景」。也就是說，像莫泊桑他們那樣勤於到鐵塔走動，形同把文學作品帶到了那個地方，足以引發人聯想翩翩。

還有2001年9月21日紐約世貿中心遭到恐怖攻擊後，德國音樂家史托克豪森（K. Stockhausen）對外宣稱那是「史上最偉大的藝術作品」。對此，美國哲學家兼藝評家丹托（A. C. Danto）有一段評論：「這雖然因此而飽受抨擊，但此一說法實際上也總括了一個事實，也就是藝術這個領域已經無所不包，儘管為了搞藝術而不惜讓航空班機撞進人員眾多的大廈也未免太過於恐怖了。」這不啻是在詆諆上述那類無所不包的藝術觀是一種「美的濫用」。然而，話說回來，對雙子星這種非人性化的

地球無法再負荷過多的物質消耗

科技發達是耗能的大宗及能趨疲的警訊

現代建築，最好的文學語言就是「摧毀它」，此外似乎所有的推崇都會增加人心對它的恐懼。因此，史氏也許要另外創作一首史詩來為他的宣稱作註，這樣我們才會覺得科技變成一堆廢墟後不致反向的「悵然若有所失」！

顯然我們活在這個到處無不有科技產品向人示威兼壓迫的時代，藉由文學審美的柔性溫慰，勢必是越來越見「需求殷切」。它不只像海德（L. Hyde）《禮物的美學》所徵候的「當詩人處在靈光乍現的心境時，世界顯得很大方，對他吐露芬芳」那樣世界會因為有文學而自動向它啟開，而且還有如巴舍拉（G. Bachelard）《空間詩學》所隱喻的「『世界，就是我的想像。』在縮小這個世界一事上我越是聰靈，我越能佔有這個世界」這般文學可以使我們決定自己想要的生活方式。換句話說，我們已經遭遇了一個空前受科技宰制的世代，要解脫，除了節欲逆返，就是靠文學來療癒。

1.全球化榮景和災難並具

基本上，我們都是負傷存活在這個世界上；尤其是整個地球被搞糟了以後，連我們的心靈都跟著深挫而傷痕累累。這是說我們

所休養生息的空間從來都是百般險巇；而我們的自作孽把科技帶進生活後，所有的居住、交通、飲食、呼吸和生育等都蒙上了一層沒有明天的陰影，以至不但人人身瘁沉重，而且還不時感覺因扭轉乏力而心受重創！更要不得的是，這種身心雙重煎熬竟然像瀰（meme）般的擴散而形成一股不可阻扼的狂潮。它的終點，早已不堪想像；而文學的優雅介入，也許可以讓我們減輕疼痛。

所以說「我們所休養生息的空間從來都是百般險巇」，是因為有地震、颱風、洪水、山崩、土石流、火山爆發、森林火災、病蟲害、旱災、瘟疫和流行病等天然災害的威脅，生命隨時都會在無預警中崩毀消散；而不論是正在實際受害的，或是深懷恐懼的，看來都積症或隱疾重重，沒有了時。特別是一些重大災害的發生，讓劫後餘生者或旁觀者始終深懷比照覆滅的憂慮。如近二十年所見的日本阪神大地震（1995）、臺灣921大地震（1999）、南亞大海嘯（2004）、美國卡翠娜颶風（2005）、中國大陸四川汶川大地震（2008）、臺灣88水災（2009）、海地大地震（2010）、日本大海嘯（2011）和菲律賓海燕強颱（2013）等，不知因此而奪去了多少人長存的信念和樂觀活命的勇氣。

所以說「我們的自作孽把科技帶進生活後，所有的居住、交通、飲食，呼吸和生育等都蒙上了一層沒有明天的陰影」，是因為人類運用激進的手段濫墾、濫伐、濫建以及發明各種器具填塞在每一個空間，導致資源枯竭、生態失衡、環境汙染、溫室效應、臭氧層破洞和核武恐怖等人為災害，不僅現下難以高枕無憂的過活，連生命能否延續都是問題，畢竟畸形兒和不孕症的人日漸增多，誰也無法預期幾代以後的人是否還能如常。尤其是遺傳工程的發展，人類在締造「第二個創世紀」的同時，也一併毀壞了物種既有的根基；而列強所發動的生化戰爭散播的病毒（如愛滋病、SARS、

H1N1、H7N9和各種疾疫等）也已經四處流竄，生命的丕變和相互殘虐將是大家所要面對的一大考驗。

在這個過程中，隨著科技夾帶經濟、政治和文化的猛闖，舉世又陷入全球化的狂亂裡。所謂「十九世紀以來由西方工業國家開始，人類在食物供給、衛生、防疫、教育、社會機制和民主政治等都在進步，加上抗生素的問世，使得死亡率降低。這些進步，是由社會現代化、科技發展和財富累積得到，但需要大量耗用物質和能源。森林被砍伐，煤礦被開採燃燒，耕地被使用到極限。物質欲望提高，大量生產帶來大量消費，廣告行銷把想要變成需要、把休閒變成風氣」，這是麥克邁克爾（T. McMichael）《人類浩劫》一書中所提到的。這種現代化，已經是普遍現象而到了全球一體化的地步。

原來現代化最根本的內涵是工業化，而工業化則是以西方從近代以來環繞著機械論所精心塑造的科技模式為導向所進行的變革過程，目的在於締造高度昌盛的物質文明。這種相應科技發展所出現的經濟、社會、政治、教育和宗教等的持續變動，本侷限於西方世界；但隨著西方人的殖民征服和資本主義拓展，卻影響了許多開發程度較低的國家為達到跟開發程度較高的國家相同的水準而不計一切代價的急起直追。而大家競相仿效的結果，就是整個現代化繁衍成全球化的浪潮，舉世一起在耗用資源，也一起在承擔因資源枯竭以及所引發的生態失衡、環境污染、溫室效應、臭氧層破洞和核武恐怖等苦果。

這裡就有表面可見的文明發達榮景和潛藏漸顯的自我毀滅危機並存；而緣於後者的越發深重難以化解，所以前者的光芒也跟著在減退中。先前大家所感受到的是信息技術、傳播技術和交通網絡技術的不斷更新，以及跨國公司、區域組織、共同體和全球市場的應運而起；同時關於國際化戰略、國際化人才和地球化的經營拓展

也日漸興盛，這一切都可以說是全球化帶給人振奮樂觀的地方。然而，這種整體上涉及全球性的人口、金融、資訊科技和商品的流動現象，並不是「舉世皆然」，還有近三分之一個世界尚未在這波富裕經濟的沾溉中。因此，像佛德曼（T. L. Friedman）《了解全球化》所說的「由於電腦和廉價電信的結合，人們現在已經能夠在全球各地提供並交換勞務」，就沒那麼實在，因為還有如赫爾德（D. Held）、麥可魯（A. McGrew）《全球化與反全球化》所指出的「全球化的不對稱發展使得全球化所帶來的絕非是能夠讓全球利益均霑的普同過程」問題存在。也就是說，全球化仍是西方強權的最大利益，其他尾隨者都只能撿拾人家的唾餘，甚至壓根就只是在乾渴的仰望施捨！但不論如何，全球化的列車一旦啟動了，它所到之處就無不是災難緊隨，永遠在反諷著它的張狂！

且看麥奇本（B. Mckibben）《地球・地球：如何在質變的地球上生存？》所探得的：原來我們所生存的美好星球，現在綠洲一點一滴地消失而沙漠日漸蔓延、因為燃燒化石燃料使得地球升溫將近一度、南北極冰層隨著溫度攀升一直在緩慢融解中、許多河川的流量遽減和廣大冰原迅速的消退、熱帶地區的風暴威力更強大和海水由於人類的高排碳量而變酸了三成等，導致全球性的大災難隨時可能會發生。

再看巴洛（M. Barlow）、克拉克（T. Clarke）《水資源戰爭》所歸結的：每天都有大量的農藥、化肥、細菌、醫療廢棄物、化學物質和放射性物質，從成千上萬的工廠、大農場和城水排放或滲透進我們的水源；工業廢棄中硫和氮的氧化物溶解於水中形成酸雨，酸雨落下後將地表水酸化，可能殺死湖泊和生活在裡面的所有生物；洩漏的汽油罐和汙水池、城市垃圾場、飼養家禽家畜的排泄物、礦井殘渣、化糞池破裂、原油洩漏、農業殘餘，甚至清除道路

積雪所用的鹽粒，這些都可能引起地下水汙染。

　　還要再舉證下去嗎？光上面那兩張地表質變和環境汙染的清單，就足夠顯示一個千瘡百孔且危機四伏的世界已經在我們的眼前展布，全球化越劇烈它就越緊繃的留給我們「即將失序」的警訊；而大家卻還像極「騎虎難下」的要跟命運賭明天。

　　最為可議的是，全球化的背後始終掩蓋不了赤裸裸的資源爭奪戰和許多貪得無厭的嘴臉在吃定這個早已負荷不了的地球。封·笙堡（A. von Schönburg）《窮得有品味》一書就描寫了這麼一幕景象：在那些所謂新自由主義的國家裡，比方說英國，法律並沒有明確規定資方該怎麼通知員工「他被裁員了」。於是倫敦一家保險公司，只用手機簡訊就叫員工滾蛋。另一家公司更多創意，而且還效率卓著：他們乾脆啟動警報系統佯稱火警。驚慌失措的員工全數自動離開座位，聚集在辦公大樓前。接著奇妙的事發生了，所有被裁員工的晶片都失效了，再也不得其門而入。另外，美國一家投資銀行也很妙，他們在旗下的倫敦分行舉辦了一次樂透抽獎，抽到「0」的人就必須自動離職。這還只是系統內部的社會達爾文主義式的殺伐；如果再擴及西方跨國企業的四處掠奪，那麼留給當地社會的豈止是一個血淋淋的創傷可以道盡！

　　此外，全球化還有一個併發併。好比封·笙堡上述書所著錄的另一個現象：伊利諾州那個幸運的三十七歲廚師，贏得樂透彩三百六十萬美金，不到幾天就心臟病突發，一命嗚呼了，據說是因為受不了得獎的壓力！另一位曾在德國被大肆報導過的樂透先生，也在贏得三百九十萬馬克樂透彩後，從只喝得起廉價啤酒的失業貧民，搖身變成穿金戴銀、皮草加身的大富豪。夜夜笙歌、酒色才氣的結果，五年後他掛了。所以事情的結果可能跟我們想像的剛好相反：我們認為幸運的事，可能是導致災難降臨的最大原因。這看來好像

僅是個案，其實背後的邏輯卻是世人都被鼓舞了向錢看的熱情，而由那些少數的幸運兒代為演出猙獰吃相的戲碼！

所謂的全球化，就是儘讓我們看到這些「不知伊於胡底」的難堪境況，沒有了明天美好的盤算，也沒有了可以深所寄望的未來。另外，全球暖化警示升高、生態嚴重失衡、環境破壞日劇和核武擴張無時或已等，更讓人無從看好全球化有辦法反過身拯救自己所惹來的危殆！因此，如何在這危機重重的世界中安身，也就成了我們所得面對的最為迫切的課題。

從另一個角度看，全球化所顯現的舉世一起耗能行動如果沒有節制，那麼勢必會走上能趨疲（entropy，熵）的末路。能趨疲是熱力學第二定律，指質能不能互換；而持續耗能的結果，最後會迫使不可再生能量趨於飽和而讓地球陷於一片死寂。雖然依照熱力學第一定律質能不滅的觀念，可以在相當程度上保障地球這一幾近封閉系統免於資源匱乏，但根據熱力學第二定律所示卻又令人擔憂質能無法轉換臨界點的來臨。於是重新凜於能趨疲的威脅而減少使用資源，自然就是想要在地球長久存活的聰明作法。

這時文學就成了逆反全球化特別有效的管道。因為文學可以撫慰人心和美化生活；而在某種程度上它又能夠使人藉由美感的昇華而達到生命解脫的目的，這對深陷在全球化浪潮而想急流勇退的人不啻是最佳的渡筏。因此，倘若說全球化所帶來的災難一時找不到恰當的化解途徑，那麼勤於發掘已經在身邊且又可以再創新的文學來緩和該災難的壓迫力道，無異就是此間最可稱道的一件事。

2.經濟力衰退物質生活越來越缺乏保障

文學比起其他同樣有著審美功能的繪畫、音樂和雕塑等藝術來說，相對上在依賴資源方面可以是最少的；除了採隨口吟誦，它的

反全球化止瀾從簡樸生活做起

著錄都方便就地取材，而布置於周遭環境又能夠立顯活脫美華的效果，這在物質生活越來越窘迫的今天特別有多加援引的價值。換句話說，逆反全球化而重過清貧的日子，也許會讓很多人難以適應，此刻轉由文學來填補大家內在的空缺失落感，至少不會寄託全無而導致另一種難耐虛無的心理疾病。

　　前節提到，我們所面對的已經是百般險巇的環境，而科技夾帶經濟、政治和文化等如瀾般的擴散為全世界所尚的生活形態後更增添它的惡化程度，這如果不以反全球化止瀾的方式來因應，那麼大家終將要陷入萬劫不復的痛苦深淵。因此，讓可以轉美化人生的文學介入，就不啻是此中自我救贖的最大憑藉。而這得從另一面來反觀我們所不得不期待於文學來緩和危機的因由：那就是原來大家所被鼓動起來發展經濟以「確保物質生活隆盛」的熱情就要無從延續了。

　　先不談全球化背後所隱藏那一西方帝國主義宰制世界的非正當企圖，只看這一波崇尚物質文明熱潮所徵候人類應付惡劣環境的方式，就知道整體情況一定會越來越不堪聞問。比如為了促進工商業的繁榮，而大興土木來擴充都市的規模及周邊設備（如工廠、科技園區、物流中心、發電廠、水庫和農漁牧專區等）以便容納更多

勞務和消費人口，以及所有的資訊、交通、政務、國防、教育、醫療、社會福利、日常用品和娛樂等部署充實，這時所仰賴的資源就得無止盡需索於日漸貧瘠的地球，於是我們會發現這是人類另一個噩夢的開始，因為地球可用的資源就快被耗盡了。正如李柏（S.Leep）《石油玩完了》所統計的，預估到2040年，油源就一滴不剩了。還有其他原物料也正邁向「絕對頂點」，如銻、銦、鉛、銀、鉭、錫和鈾會在四到二十年後告罄；而鉻、銅和鋅不到四十年就會用完，鎳和鉑則將緊接在後。但現今全球化的假遠景卻還在經濟面上不斷地以「供給」刺激或誘惑「需求」，而造成所有人要被迫去承攬那個實質跟地球一起毀滅的噩夢。

上個世紀末未來學家雷夫金（J. Rifkin）《能趨疲：新世界觀——二十一世紀人類文明的新曙光》已經指出：隨著科技的加速發展，整個工業社會日益向上升級，所有的工業產品、製造流程、食品生產、農業耕作、運輸系統、都市結構、軍事裝備、育樂環境、醫療保健，甚至社會構造、政治體系和經濟模式等，必然愈來愈趨向於精密和複雜。但在這種高度複雜的工業社會裡，人類必須仰賴大量的資源，生活才能維持下去；倘若資源供應不繼時，就會有嚴重的危機出現。然而，這種警訊至今依然無法成為一個新彌而對全球化的敗壞世界有所重重的反鈸，因為現在工業社會還在昌皇，又多了後資訊社會（網路時代），大家想要透過電腦科技來締造的理想化國度，更是要以無窮盡耗用資源為代價的；而這樣下去，在可見的未來地球一定會面臨不可再生能量趨於飽和的能趨疲壓力。因此，早已全面資源短缺的地球，人類再無所節制的支取，最終就是徹底的滅亡。

當中有不少人強引普里戈金（I. Prigogine）的耗散結構理論，認為我們可以求取可再生資源作為新的能量基礎和利用遺傳工程

作為一種新的技術轉化器，依舊能造成大量的能量流通和無限制的成長以及永無終止地追求物質上的進步；甚至有人還天真的幻想多重宇宙的存在，而樂觀的想要拋棄能趨疲定律。前者的問題，正如雷夫金上書中所繼續說的：所謂可再生的資源，其實也是不可再生的資源；太陽能雖然幾乎是無限制的，但形成地殼的質能卻是有限的。也就是說，地球上的資源是不斷在衰退和消散，自然的循環再製只不過是為未來所用，取回一部分已用盡的物質能量罷了，而其他大部分仍然是無可恢復地失去了。而後者的問題，就在我們還無法證實三維、四維以上的空間存在且能實際化解能趨疲危機前，早已在忍受著逐漸惡化的環境和資源短缺所帶來的恐慌以及相互爭戰陰影的籠罩，相關的危機不可能用「想像它不存在」的逃避方式就可以緩和下來。

種種跡象顯示了，地球這一幾近完全封閉系統（那極少非封閉的部分，是還有太陽能和被地心引力吸附的隕石以及彗星行經時所帶來的微量物質等），承受不起人類這般的蹂躪和窮耗，更別說大自然的反撲（如地震、水災、山崩、地層下陷、土石流、污染反噬和地表升溫造成各種聖嬰現象等禍端）已經到了警界線。但可嘆的是，這全球化背後無數的推手，不僅不思經濟發展的極限而懸崖勒馬，反而更為積極在尋找替代能源和強調再利用資源以便延續過去的榮景。這美其名叫做「綠能經濟」，實則是另一波的資本主義（綠色資本主義），同樣在耗用地球上的資源，因為尋找替代能源所需的技術本身就在耗能行列；而再利用資源則無異在鼓勵源頭更勤於製造，所誤導民眾「放心於消耗資源」的惡果早已可以預見。這類所採取的因應策略，只會加速驅使大家陷入萬劫不復的境地，完全無助於能趨疲險象的化解。

又比如為了因應人口遽增（如今已突破七十億大關）所短缺

的糧食，大家所改以增加畜牧的策略，除了動物排泄物產生大量甲烷一併促成溫室效應的惡化，有關它的快速激生的養殖方式也禍延綿渺。當中以狂牛症及其轉移到人類身上的變異型賈庫氏症為最，它就是工業化糧食體系的產物。換句話說，為了增加飼料中的動物性蛋白質（好讓牛隻快速增肥），業主在飼料中添加肉和骨粉；牲畜被宰殺後，導致狂牛症的傳染性蛋白質仍可存活很久；而牠身上有傳染病的部位又經循環成為動物飼料，進了牲畜的肚子，直到人類發現這種傳染病，但這時要阻止它在牛隻和人類身上造成的傷害已經來不及了。這在李曼（H. F. Lyman）、墨塞（G. Merzer）《紅色牧人的綠色旅程》裡無疑給出了最佳的見證，它所揭發的相關內幕，莫不讓人看得膽顫心驚！而帕特爾（R. Patel）《糧食戰爭》中所著錄更多大國搶奪食物供應的主導權，不惜壟斷糧食的種植、改造、加工、添加劑、運送和配銷等流程，儼然是一場逐漸在升溫的世界大戰的開打，也令人徒增震撼和感傷！其實，還有農業殘害和工業污染等正在一點一滴的侵蝕整個糧食系統（詳後），更引人驚悚不已，使得有關數量的匱乏延伸到不堪食用的匱乏，而這點人類再也沒有能力找出有效的解決辦法；更何況這裡面還摻雜著威爾森（B. Wilson）《美味詐欺：黑心食品三百年》所舉證難以計數的各種添加物、人工色素、假冒產品、摻水加料的飲品、違禁替代物、有毒物質和品質低劣的產品等充斥市場，顯然要對治人類自己這種喪心病狂的行為，就更不知對策在那裡了。

又比如以核能發電來減少燃煤污染（會產生劇毒的汞），以及闢建水庫和汲取地下水以供應龐大的民生用水、工業用水、農業用水和新興產業用水（如汽車業和電子業用水）等，但前者的核能外洩疑慮和核廢料無處存放以及對生態所釀成無可估算的恆久性傷害等問題卻跟著深深的困擾人類；而後者所不慮無能阻絕的危殆又

更繁雜全面了（如前面所述），這還不包括巴洛、克拉克《水資源戰爭》所指出的現今世界有三十一國家正面臨嚴重的缺水問題和超過十億人無法得到乾淨的飲水以及將近三十億人沒有公共衛生設施等，可能引發另一場疾疫傳染的大災難！可見從食物污染到空氣污染到水污染等，人類早已「無所逃於天地之間」，而大家卻還矇然無知的做著「明天會更好」的美夢。

　　從整體的趨勢看，經濟力已經大呈衰退現象，人類的物質生活很明顯的越來越缺乏保障；再加上周遭環境無處不潛藏危機，致使在缺乏保障中又得增添一層莫名的恐慌。尤其當今人口大多集中在都會區，大家命都懸在「空中」，駭怕斷水、斷電、空污、塞車、糧食不濟、通貨膨漲、傳染病流行、強震樓塌和鄰國飛彈威脅等，無時不處在危疑震盪的凝重氣氛裡而難能展眉歡笑。這時大概沒有比文學更足以成為一帖特佳的安慰劑了。也就是說，文學的美感營造本身始終在跟現實保持距離，所有生活上的不如意和人心的傷痛等，都可以藉由文學來療癒；而眼前對未來益加深懷的空虛感，以及可能的想望越發難以寄託等，也可以透過文學來填補和探索出路，庶幾能夠免於全面的精神蕭索和意志潰亡！

3.我們需要文學介入的精神生活自己救贖

　　基於為緩和能趨疲快速到達臨界點而使地球陷於一片死寂危機的前提，我們必須重過儉樸的生活而把資源的消耗降到最低程度。這時可以用來填補可能的精神空虛，除了文學，大概很難再找到更好的替代途徑。換句話說，在維持非奢靡非浪費的最低限度的物質生活中，我們還要有優質的精神生活來充實原對物質依賴所遺留的空缺，那凸出文學的非尋常的美學功能，也就有它的迫切性和不可取代性。

文學介入生活以為自我救贖的必要性

　　我們知道，文學是透過意象或事件來間接或宛轉表達思想情感，可以讓人在玩賞領會中有豐富的審美享受（僅是直接傳意而供人逤取資訊的哲學和科學等，就不具有這種效果）。當中意象，是藉著對外在事物的凝鑄創新以為比喻或象徵人的思想情感，它既可以美化世界又可以活絡心靈；而事件，則是經由模擬或新創在時間流中發生的行動以為寄寓或徵候人的思想情感，它同樣也能夠賦予世界美感價值和多方扣人心絃。

　　好比「四十個冬天圍攻你的容顏」、「她丈夫的呼吸把她的睡眠鋸成兩半」和「樹享受著天空的巨大穹窿」等詩句，這分別為莎士比亞（W. Shakespeare）、高柏（N. Goldberg）和里爾克（R. Rilke）等所作，就用四十個冬天圍攻容顏的意象來隱喻「滄桑感」、藉鼾聲驚擾睡眠的意象來借喻「丈夫不懂得體恤太太」和以樹享受巨大的天空來象徵「自由或幸福的樣態」等，彼此都能夠給予人新鮮快悅的感受（詩人所創發的意象直把一個常俗的世界帶到超然絕塵的地步）。此外，中國傳統詩如李白的〈將進酒〉「君不見黃河之水天上來，奔流到海不復回；君不見高堂明鏡悲白髮，朝如青絲暮成雪」、白居易的〈琵琶行〉「大絃嘈嘈如急雨，小絃切

切如私語，嘈嘈切切錯雜彈，大珠小珠落玉盤」和林逋的〈梅花〉「疏影橫斜水清淺，暗香浮動月黃昏」等，也分別以黃河水奔流／明鏡中白髮遽現的意象來換喻「時間倥傯」、藉急雨／私語／大小珠掉落玉盤的意象來明喻「琵琶女琴藝精采絕倫」和用暗香浮動的意象來象徵梅花的清逸脫俗等，它們同樣也都足以引發人耽戀歡暢或沈思的實覺（詩人所創發的意象也立將一個平板的世界帶到生動活潑的境地）。

又好比運用事件寓意的例子中，中國傳統的《三國演義》、《水滸傳》、《西遊記》、《金瓶梅》和《紅樓夢》等章回小說，它們除了在敘寫不同的東西上（也就是《三國演義》精於寫爭戰、《水滸傳》精於寫草莽、《西遊記》精於寫宗教、《金瓶梅》精於寫情色和《紅樓夢》精於寫官宦等）已經顯出各自的創思，並且還蘊理深刻而撼動人心（如《三國演義》在鋪陳政權遞嬗的必然性、《水滸傳》在窮揭官逼民反的末劫、《西遊記》在反轉心識邪魔的障礙、《金瓶梅》在通透貪欲淫惡的業報不爽和《紅樓夢》在總縮窮通離合的命定趨勢等，在在難以讓人不從中學著聰明）。換句話說，它們或寄寓世道興替有自，或徵候人生複雜多歧，卻都出以故事搬演而賦予沉哀美感，為絮絮叨叨說理而令人厭倦困讀的文章所難比配。類似的情況，在西方人方便徵引的某些短製裡，也可以窺知一二。如分別收於莫斯（S. Moss）、丹尼爾（J. M. Daniel）編《我們愛死了的故事：精選世界最短篇2》中的一篇極短篇小說和毛姆（W. S. Maugham）《非道德小故事》中的一篇短篇小說（節錄）：

算命師　史托席（S. Stosic）

「我看到很大的災禍。」吉普賽女人凝視著水晶球說。

「你知不知道……會發生什麼事?」男人緊張地小聲問。

「我看到一把槍,還有你認識的人偷你的錢包。」

「可是你怎麼能這麼確定?怎麼能?」

吉普賽女人舉起槍,微笑。

螞蟻與蚱蜢　毛姆

（湯姆在賴盡哥哥半輩子後）

「幾個星期以前,他跟一位年紀大得足夠當他母親的女人訂婚。現在這女人去世了,把所有的一切留給他,包括五十萬鎊、一隻遊艇、倫敦的一間房子,以及鄉下的一幢別墅。」

喬治緊抓著拳頭在桌上敲著。

「這是不公平的,我告訴你,這是不公平的。去他的,真不公平。」看喬治生氣的臉孔,我情不自禁,突然爆笑出來,在椅子上滾動著,幾乎跌倒在地板上。喬治從此沒有原諒過我。但湯姆時常請我到他位於上流住宅區的迷人房子去吃大餐;而即使他偶爾向我借點小錢,那也是習慣使然。他借的錢從不超過一鎊。

前者在徵候現實人心險惡「很難預防」（透過吉普賽女算命師設局誆騙的情節來顯示）;而後者則在寄寓努力經常不敵運氣的「荒誕莫名」（經由兄弟命運反轉的情節來表達）。而這有一則呼應標題的寓言在作引子:「螞蟻辛勞了一個夏天,聚集冬天所需的糧食;而蚱蜢卻坐在一片青草上,對著太陽唱歌。冬天來了,螞蟻過得很舒適,但蚱蜢卻沒有東西吃。於是牠去找螞蟻要一點,結果螞蟻說出

一句傳統性的話作為回答:『你夏天都在做什麼?』『說句失禮的話,我在唱歌,整天整夜都在唱。』『你唱歌?唔,那麼去跳舞吧!』」作者讓小說中的主角先表示他無法接受裡面「勤勉終有善,而輕率會受到懲罰」的道德教訓,然後才帶出那兩個兄弟際遇丕變的故事),顯然這也可以印證文學不直接說理而理卻蘊蓄可見的實美感染力。

　　文學的美,從形態上來說,經過古今審美心靈塑造的已經有前現代的模象美(包括優美、崇高和悲壯等)、現代的造象美(包括滑稽和怪誕等)、後現代的語言遊戲美(包括諧擬和拼貼等)和網路超鏈結美(包括多向和互動等)等,不但自我紛繁多姿,而且還在向其他學科滲透,從而有各種意象和事件被借代或被挪用的兼行美化現象。至於它的美感可深沉可悠遠,或者可奔放可諧趣,或者可前衛可延異,也無不能滿足各種不同背景者的需求。這中間,固然還會有像麥克奈爾(D. McNeill)《臉》書中所疑惑的那樣:「從蘇格拉底到偵探小說家錢德勒筆下的惡棍,每個人都為美而心折。古羅馬詩人奧維德稱美是『諸神的贈禮』,全世界的人都在追求美的魔力。美一直是道讓人屏息的謎,它的光彩奪目,讓許多藝術家動容。科學已經告訴我們,美是多種元素構成的奇怪之物,非大部分人所能理解;研究人員現今仍在探索美為何有如此大的力量,美到底是什麼東西?」但整體上文學的美早已準備好要向知所品味的人開放,它是一個可以無止盡讓人感動喜愛的對象。

　　換個角度看,人生在世,緣於不如意和外在壓力所累積的苦痛,似乎只有藉由文學才能得到消除或緩和。正如尼采(F. W. Nietzsche)所說的「少了戲劇和詩的透視鏡,我們一定會無法忍受所有的苦痛」。這是因為文學已經讓雪萊(P. B. Shelley)《詩的辯護》代為點出了它能夠「使我們成為另一個世界的居民,我們所熟

悉的世界和它相比簡直就是亂七八糟的一片混沌」；同時文學的這一「充滿生命力的活文化」，也讓盧騷（J.- J. Rouseau）《社會契約》深懷它可以「發揮積極力量減輕權力機構的重要性」的信念。因此，把文學的美焦點化，美學家桑塔耶那（G. Santayana）所說的它是「一種痛苦的豁免」，也就有了總結標誌的意義。

比照康德（I. Kant）《判斷力批判》所極力闡發的美是一種「無關心的趣味判斷」（不關政治或道德），那麼文學的美能夠把我們帶到一個迥異於現實的世界，自然是可以理解的；但真要說到它足以豁免我們的痛苦，則得從另一積極的創發面向來看待，才知道它真正的優著處。而這不妨藉巴舍拉（G. Bachelard）《空間詩學》中一段討論赫塞（H. Hesse）作品的話來作說明：

> 一個囚犯在自己囚室的牢牆上繪出一幅景象：畫中有一列迷你火車進入一條隧道。當獄卒們前來帶走他時，他客氣地要求他們「多等一會兒，讓我進去我畫的小火車裡面，檢查一些東西。就像平常一樣，他們開始訕笑，因為他們認為我神智不清了。我把自己縮小，然後進入我的畫裡，攀上開始啟動的火車，隨即消失在隧道的幽暗裡……」有多少次，詩人畫家藉著一條隧道，在自己的囚室裡破壁而出！有多少次，當他們繪出自己的夢，他們就穿過牆上的縫隙逃脫了！為了逃獄，所有的方法都是好的。如果有必要，純然的荒謬就可以帶來自由。

所謂「純然的荒謬就可以帶來自由」，其實也不是因為荒謬的關係，而是意象或事件所創造的新世界本就有自我療癒和昇華的功能。換句話說，我們藉著意象或事件可以轉化人生的苦痛，從而在

精神上解脫生命而更「健康」或更有「適應力」的存活於這個世界，畢竟意象或事件本身是個可耽玩的對象，而我們在耽玩的過程中自然就會淡化惱人問題的困擾，以及積極的運用它來美化事物而終至免除所有的苦痛。

在這種情況下，文學所介入的精神生活，也就成了一種自我救贖。原來救贖是西方一神教信徒終身努力的目標，他們把在現世的成就（如發展資本主義成功致富、興作殖民主義馴化異教徒、發明科學技術媲美造物主、鑽研建構學術和從事文學藝術的創作以體現受造旨意等）當作獲得造物主赦免原罪的憑藉；但當這一「塵世急迫感」衍變為對地球無限的剝削榨取和對他者無窮的宰制壓迫後，尋求救贖就變成一種弔詭的行動劇，因為造物主並不說話，而西方人自認為可以獲得救贖的，卻是將地球搞得千瘡百孔、人心惶惶且無處不危機深重！因此，這時我們所需要的，就再也不能是西式矯造的他力救贖（包括把文學藝術產業化以便搭上同一班列車在內），而是得翻轉來力求安頓生活重揚文學審美精神的自我救贖。這種救贖，會跟耗用資源致遺禍害劃清界線，也會跟對他者索得悔過承諾的殖民心態分轡異趣，最終又能自行穩定著且有意義的過生活。

4.一起因應後全球化時代的新思潮

文學介入精神生活以為自我救贖，這在相當程度上也是因應後全球化時代必要有的新思潮。依目前的局勢來看，時序已經推進到一個西方強權威力轉弱而東方中國崛起的後全球化時代，一切以重構文明或再造文明的新意識在主導經濟和科技的運作；同時另一股更需反全球化的後生態觀念也勢必要形塑完成，並且作為串聯全人類踐履隊伍的指導原則。前者，事實上是在仿效延續全球化的威勢，情景不可能樂觀；而後者，則是逆反全球化而行，但也因為它

摻雜的再利用和開發新能源等作為而形同反全球化不力,也難以被殷切寄望。因此,相關的新思潮是要再行規劃,才能起作用。

第一節曾經說過「因為文學可以撫慰人心和美化生活……這對深陷在全球化浪潮而想急流勇退的人不啻是最佳的渡筏」,這就可以從反全球化應有的方向說起,而讓文學所能發揮的濟渡功能不致因莫名的陷落而盲闖誤區,以至於自我抵銷前進的力道。

大體上,當今所見的反全球化,帶有鮮明旗幟的,主要是針對全球化的「全球」性名不副實以及強權藉機籠絡收編他國的行徑予以質疑和撻伐。當中質疑全球化並不普及的言論,如赫爾德、麥可魯《全球化與反全球化》所說的「現代世界秩序的歷史可以視為西方資本主義強權們瓜分利益的歷史,並重新將世界切割成數個排外的經濟領域……也正是因為這樣的情況,許多馬克思主義者認為當前的新時代並無法以全球化的語彙加以描述;反而是一種西方帝國主義的新樣態,並受到世界主要資本主義國家金融資本的需求和要求所主宰」;而撻伐全球化為強權廣徵他國的言論,如湯林森(J. Tomlinson)《文化與全球化的反思》所指出的,乃多由邊緣國家的人在發動,所擔心的無非是壟斷資本主義國家的排擠壓抑已到了「無所不用其極」的地步,不反彈恐怕就沒有「翻身」的可能性。但以上這些反全球化的聲浪,終究只是一股「潛制衡」的勢力,依舊無法抵抗日漸加遽的全球化浪潮。因為在整體經濟還沒到立即性的崩毀以前,全球性的人口、金融、資訊科技和商品等的流動現象仍然會以「騎虎難下」的姿態持續下去,直到能趨疲的臨界點出現為止。

很明顯的,現有的反全球化是無效的。我們當真要拯救地球,就得是全面性的逆反全球化而進入大家「共謀未來出路」的後全球化時代。而這基本上有幾個途徑可以思考:首先是發展後環境生態

飲食的調節也是後全球化思潮的一個環節

觀。現行的環境生態觀，大多是為了因應臭氧層破洞、溫室效應、酸雨危害、熱帶雨林減少、土地沙漠化、野生動物瀕臨絕種、海洋污染和有害廢棄物等問題，但實質成效卻極有限。這癥結乃在西方資本主義所帶動的全球化，迫使舉世參與耗用資源所造成的；大家不反資本主義，就拯救不了地球。因此，新的解決途徑，就在從恐懼全球化出發，徹底反資本主義，並使相關議題推進到後環境生態觀的層次。

其次是強化災難靈異觀。有關災難的判定，常被「自然」化或「物理」化，而忽略它跟靈界的連結而不為無意性。它的種類多，乃是為平衡生態所採取的手段不同，人間儼然是靈界的試煉場域。在這個場域裡，死亡成了災難最深的見證；而當中又有慢速死亡的潛在性災難在拖長試煉，更具警惕意味！但一般的解釋都僅止於人謀不臧或神鬼作怪，殊不知它是靈界為回歸秩序化所作的調整，災難種類多及死亡多樣化，所代表的是靈界的對策「多管齊下」，為的是因應靈界分項負責者的不同能耐。因此，循著災難必現靈異的理路，可以構設出一套災難靈異觀，讓大家更知警覺，而不再輕易蹂躪糟蹋地球。

再次是開啟新靈療觀。舊靈療以撫慰受傷殘的靈體和協商索討者去執或力勸當事人對外靈的寬恕（前者是中式的；後者是西式的），效果普通，甚至鮮見真正的療癒案例。它除了不懂靈靈互涉或靈靈互槓的輪迴潛因，而且還低估了靈體互有質差的重要性，以至經常事倍功半。如今倘若大家覺得靈療還有存在的空間，那麼它勢必是啟靈式的，以強化靈體對「相敬兩安」、「無求自高」、「修養護體」和「練才全身」等策略的深切體認，才有辦法逐漸扭轉他者靈療為自我靈療，而取得雖然弱勢卻是強者的存在優勢；進而以此新靈療觀開啟緩和輪迴壓力（別競相奔赴負荷過重的地球），以及特能因應能趨疲危機的稀罕新遠景。

　　這麼一來，上述這一跨域且能深透的見解，不啻成了一種新思潮的後全球化，已截然有別於當今許多反全球化聲浪所想推進的時代。後者有原始主義（返回未有全球化時代）、社會改良主義（主張在發達國家和發展中國家之間建立一種平等互利的關係）、民族主義（反對西方文化的入侵和普遍化擴張）、原教旨主義（想透過自己所認同價值觀的普遍化擴張來對抗西方價值觀的普遍化擴張）和馬克思主義（要打破資本主義一統天下的局面）等反全球化運動，但它們僅是消極抵抗或不附和而未能極力批判的取向，卻都成了全球化的組構成分而欲「後」無由，更何況裡面所雜錯的要從「普遍價值原則」（如保護生態環境、控制核武擴散、尊重人權和信仰自主等）來解決全球化褊狹化困境的遐想，也如同天邊雲霓，杳不可及，因為全球化的單一價值觀如果可以被扭轉也就不致有今天不堪的下場了。

　　從歷史來看，所以會有全球化，就是西方文化單一價值觀所強力促成的，今天要它容受其他文化的價值觀，那就等於不必認同它而全球化也可以不發生了；但事實卻不是這樣，只要全球化存在一

天，西方文化的單一價值觀就不可能退讓而自行縮手。因此，所謂的普遍價值原則，最後也都要由西方人所欽定才算數，不可能經過別人的認定而後要求他們來信守。但這在培植一個深具抗衡力量的新價值觀上就不同了；它除了可以自持，還可以推廣以拯救世界的危殆（也就是一方面不隨人起舞；一方面看準世界弊病而提供新療方），遠比那些只能從「自己的立場」出發的反全球化運動來得務實有效。

此時文學真正要介入精神生活以為自我救贖的，就在於它能夠深為契合或更為轉向取徑於這種新價值觀，而以足以供人領悟的新題材和美感含量以及自我節制奢靡等來「指出向上一路」。換句話說，寄望文學的好處，不僅它本身作用大，而且還有餘力透過創作取向的更迭來「一匡天下」，而日漸看到舉世淑善面貌的成形。

縱是如此，文學在知所一起因應後全球化時代的新思潮後，它也得避免憯越滑落而前去迎合西方的資本主義邏輯，導致緊相成了企業耗能釀禍的幫兇。這是說文學在西方早已被矯為使它進入「資本投入→生產→行銷→獲利」的大規模經濟活動範圍，甚至極端到如蘇拾平《文化創意產業的思考技術：我的120道出版經營練習題》所指陳的「透過併購，巨型出版集團的規模越來越大，佔據了暢銷書排行榜的大部分。在很多國家，連鎖書店控制了通路，甚至超越國界，構築全球網絡」這種唯利是圖的經濟鏈操作地步。因此，早期的「企業化」生產，像索羅斯比（D. Throsby）《文化經濟學》所記載的「（大仲馬）他身後有一批固定的捉刀人，隨時備好稿子，只待大仲馬簽名發表。當時坊間就流傳這樣的笑話，大仲馬問同為小說家的兒子：『你看過我最近的大作嗎？』小仲馬回答：『沒有，爸爸你？』」這種情事已經不稀奇，現在所牽動的是

更多的產業環節。好比戴維斯（C. Davis）《我在DK的出版歲月》所觀察到的法蘭克福書展這一幕：

> 「百樂酒店」是書展期間人氣最旺的深夜「酒」店之一。大老闆、小編輯、經紀人、作者、繪手、攝影師、美術指導、公關、製作主管、行銷人員、業務經理、印刷廠、組稿中心、貴族氣派的出版大老、長袖善舞的小暴發戶、企業會計師、產業領袖、買空賣空的騙子、目中無人的奸商、執迷不悟的做夢大師、冥頑不靈的沒用大師等齊聚一堂……到處有人在叫賣點子，到處有人在傳閱寫作大綱，預付款的行情要多加明察暗訪，版權交易更要討價還價，共版的合約一筆一筆簽，承諾隨隨便便答應，「再聯絡」此起彼落，隨蒸騰的熱流在機棚般的大廳直衝上高高的屋椽。

這裡就有出版社、經紀人、作者、設計公司、經銷商、印刷廠、會計業、公關公司、展場和交易酒店等，洋洋大觀，遠非十九世紀文學剛卯上企業化著重在「量產」的情況所能相比。文學如果還要再度成為資本主義邏輯的祭品，那麼倒不如它不要發生。但我們又不能這樣妥協退讓，對於文學可以把大家從物質陷落中挽救回來的信心，還是要堅定保有。它仍舊可以透過手工業兼非耗費資源的出版傳播等，來達成心理療癒和生命解脫的審美目的。

二

文學啓動用來服務社會的新契機

　　在能趨疲越發緊迫的時代，文學動起來早已有實質的內外在需求；而這所可以用來總綰文學啟動向度的，則不妨以「服務社會」作為準則，而排除其他逾越分寸的行為。因此，像國外有些經紀人僅憑幾頁寫作題綱，就獅子大開口而向出版社索取數百萬美元的預付版稅；或者像史蒂芬・金（S. King）《一袋白骨》從史克里布納出版社那裡拿到兩百萬美元的前期款，銷售後還可得百分之五十五的版稅，也就不是所該崇尚的，因為那背後是激烈的企業促銷和通路壟斷的競爭，只會更加深化能趨疲的危機。

　　不信且看陳穎青《老貓學出版──編輯技藝&二十年出版經驗完全彙整》所指出的「產業鏈內的關鍵人士，聯手打造『貴族圈』的候選資格。從代理商到出版社到通路採購及PM（產品經理），他們在每年二萬種店銷書中，決定那些書可以進入貴族圈，給予行銷挹注，辦活動，配合贈獎，黃金動線上的強力曝光，事前有預購，事後有推薦，各種行銷技巧無所不用其極」，這在普世資本主義邏輯的運作中已經司空見慣，卻少了制衡的力量而仍純任它橫行無忌。但我們又知道這終究得付出耗能遺禍而無以為繼的慘痛代價，以至改走另一條非企業的道路，才能長久的維護文學的本命且又有益於世界的淑化。

　　當然，在啟動文學來服務社會的過程中，無妨聯合更多人「有效的從事」，而不必由個別人窮力獨撐。後者難免使得文學創作變成一件苦差事，而儘往牟利方向去思考。正如赫利（S. Hely）《我是暢銷小說家》所舉證的「十九世紀法國作家普拉赫撰寫小說《貌

如東施》期間，因憂慮永無完成之日，一時衝動就拿起上膛獵槍朝右腳開槍，從此行動不便，那兒都不能去，只能乖乖坐在書桌前完成這部名作」或「美國小說家麥克妮可拉斯飽受寫作之苦，每日早晨命僕人將家中的便壺鎖起來，非得達到十頁進度才能拿出便壺，她四十八歲就因膀胱發炎病逝」，這類靠虐待自己來完成文學創作，所圖的無非是那永不饜足的金錢利益，此外就難以考慮到是否真的有益於世道人心。

1.古今相關案例的啓發

　　說這是文學啟動用來服務社會的新契機，主要有古今相關案例的啟發。這些案例固然大多是個例且都為隨機而發，但它們的著錄有名，已經可以相互輝映而自成一種典範。只是在冀成普遍化的前提考量下，那些隨機而發的個例還不足以因應時代所需，所以僅能當它們是此次啟動文學來服務社會的一種啟發。

　　從現時必要讓文學動起來的角度看，古來所可以考知的一些文學服務的案例，它們在激發觀覽者的興致方面始終並不缺乏，頗有我們就近借鏡且再予以強化的地方。這在古代部分，最常見於書畫題贈；其次則見於寺廟和山水聖地的題詠；再次則有記侍宴和送友等。而這也多早經有心人加以收錄傳世，如計敏夫《唐詩紀事》就收有不少碑記、石刻和殘篇遺墨（一聯一句不棄）等；而宋宣和內府收藏《宣和書譜真跡》、歐陽修《集古錄》、趙明誠《金石錄》和王象之《輿地碑記》等，則分別成了書畫題贈、寺廟和山水勝地的題詠，以及記侍宴和送友的集大成。至於今人馬大品、程方平、沈望舒主編的《中國佛道詩歌總彙》，則又是佛道寺廟題詩的選錄集聚，有關文學和教義交會的盛況，由此可以一覽無遺。

　　當中特別著名的，是崔顥和李白競相題詩的故事。先是崔顥一

次遊經黃鶴樓，見眼前江渚諸般景象迫心，以及大有感於仙人子安得道騎鶴西去的傳聞，詩興一來，揮毫在樓臺上題了一首七律：

黃鶴樓　崔顥

昔人已乘黃鶴去
此地空餘黃鶴樓
黃鶴一去不復返
白雲千載空悠悠
晴川歷歷漢陽樹
芳草萋萋鸚鵡洲
日暮鄉關何處是
煙波江上使人愁

後來李白也遊至此地，感興類似，他也很想題詩；但抬頭一看，已經有人搶先了，於是在「眼前有景道不得，崔顥題詩在上頭」一番慨嘆後，跑去鳳凰臺別為題詠了：

登金陵鳳凰臺　李白

鳳凰臺上鳳凰遊
鳳去臺空江自流
吳宮花草埋幽徑
晉代衣冠成古邱
三山半落青天外
二水中分白鷺洲

總為浮雲能蔽日

長安不見使人愁

　　這兩首詩，後人的評論，有的說彼此不分軒輊（俱為唐律的壓卷之
作）（如方回《瀛奎律髓》所見）；有的說李白詩略遜一籌（末二
句自傷讒廢而哀帝鄉不見，心意露白，遠不及崔顥詩氣魄雄大而隱
旨境寬）（如王世懋《藝圃擷餘》所見）。這自有文學審美品第的
意義，可以借為創作技能的討教，但就功能面向來說，它們都從中
高華了所題寫的樓臺，讓對方千古傳名，等於為山水勝地和遊客作
了最好的服務。

　　此外，在古代還有一種動態可感的服務方式。好比唐代著名的
旗亭賭唱一類的流風。據薛用弱《集異記》所載，當時有王昌齡、
高適和王之渙等人一起到旗亭貰酒小飲，恰巧遇到梨園伶官十數人
在那裡會讌謳歌。他們幾人因此避開，在旁邊觀看，並私相約定，
誰的詩入歌詞較多的為優：

> 俄而一伶拊節而唱曰：「寒雨連江夜入吳，平明送客楚山
> 孤。洛陽親友如相問，一片冰心在玉壺。」昌齡引手畫壁
> 曰：「一絕句。」尋又一伶謳之曰：「開篋淚沾臆，見君前
> 日書。夜臺何寂寞，猶是子雲居。」適則引手畫壁曰：「一
> 絕句。」尋又一伶謳曰：「奉帚平明金殿開，強將團扇共徘
> 徊。玉顏不及寒鴉色，猶帶昭陽日影來。」昌齡則又引手畫
> 壁曰：「二絕句。」

王之渙遲遲沒有等到伶人唱自己的詩，覺得有辱自己成名的早，於
是一邊數落二人「此輩皆潦倒樂官，所唱者皆巴人下里之詞耳！陽

春白雪之曲，俗物豈敢盡哉」；一邊負氣的指著唱得最好的那個伶人說「待此子所唱，如非吾詩，即終身不敢與子爭衡矣。脫是吾詩，子等當須拜床下，奉吾為師」。結果是：

> 因歡笑而俟之。須臾次至雙鬟發聲，則曰：「黃河遠上白雲間，一片孤城萬仞山。羌笛何須怨楊柳，春風不度玉門關。」之渙即揶揄二子曰：「田舍奴，我豈妄哉！」因大諧笑。諸伶不喻其故，皆起謂曰：「不知諸郎君何此歡噱？」昌齡等因話其事，諸伶竟拜曰：「俗眼不識神仙，乞降清重，俯就筵席。」三子從之，飲醉竟日。

伶人歌唱詩人的作品，而詩人適時「參與演出」助興，不啻活了一幅文學演繹圖，讓旁人和當事人共同感染那美好的文學氣氛。這一形同動態的文學服務方式，理當傳為佳話。

至於更早所見的文人雅集中的吟詩作對，也有同樣的效果。正如王羲之〈蘭亭集序〉所記敘同儕灌濯修禊宴樂詠嘆的情況：「此地有崇山峻嶺，茂林修竹；又有清流激湍，映帶左右。引以為流觴曲水，列坐其次；雖無絲竹管絃之盛，一觴一詠，亦足以暢敘幽情。」這無異把文學風氣帶到山水聖地而跟宇宙共譜了一闋「精神相往來」的交響曲，不論歌哭思懷，也不論高志徬徨，都在這一刻盡託於流雲清風，而從耽美中得著無比的快悅。可見文學怡人，除了有求於靜態的展示，像上述這種動態的歡會也許更要多備，大家才知道美感迷醉可以到什麼程度。

這相沿到現在，類似的閒賞生活還時有所聞；只不過多已隱入都市密閉空間，不是人聲雜遝？就是冷氣機嗡然作響，完全失去了先前跟天地共俯仰的悠遊樂趣。剩下來的，就是點綴在某些角落的

靜態的文學布置。那些布置，整體看來仍有古代文人題詠的餘風，但因為是多採取文人作品片段的方式兼設計不當，迄今還僅停留在贊助創設的公私單位的著錄，而不曾引發廣大民眾的注意賞鑑。縱是如此，這些文學布置的存在，依然可以跟古代所見的文人題詠相互輝映，無妨引以為啟新的資源，而再行思考進益的方向。

以臺灣一地為例，近十多年來興起了設立文學步道的風氣，同時也有相關導覽手冊和全程介紹的文獻出版，儼然是「文學生活化」的開辦，很值得大家來一探究竟。如果依從北到南的順序，幾乎可說每個縣市都有規模或大或小的文學步道；而所見的導覽手冊或營造紀錄，較著名的也有臺北市政府新聞處編《文學之路》、彰化縣政府文化局編《八卦山文學步道導覽手冊》、月津文史工作室編《臺灣詩路——在臺灣一個桃花源的營造》、鍾理和文教基金會編《鍾理和紀念館暨文學步道解說手冊》和太魯閣國家公園管理處編《水與石的對話》等多種。此外，還有彭瑞金《臺灣文學步道》和沃克漫青《臺灣的人文步道》等書專門在引介串聯那些文學步道的實況，觀看後可以將臺灣文人作品被搬至步道上的地圖整幅了然於胸。

只是有點遺憾，這些文學作品被複製呈現的過程可能少了多方的諮詢，以至觸處可見「不彰顯」或「太突兀」，甚至只存「一鱗半爪」，以及全然缺乏社區人士的「創作參與」。這麼一來，那原想讓文學深入人心或獲得普遍共鳴的目的肯定是礙難達成。比如說，由臺北市政府設立在中山南路人行道的「文學之路」和由民間企業家認養改建成立於松江路旁的「松江詩園」，固然網羅了不少名家的作品（前者包括賴和、蔡秋桐、李雙澤、陳虛谷、郭水潭、龍瑛宗、張深切、葉石濤、吳濁流、陳千武、吳新榮、王詩琅、文心、楊熾昌、巫永福、鍾肇政、朱點人、楊雲萍、楊逵、楊守愚、

公共空間的文學裝飾有待相互取徑以提升品質

洪醒夫、姚一葦、梁實秋、林海音、張我軍、王白淵、林亨泰、張文環、王禎和、施明正、王昶雄、詹冰、周夢蝶、林幼春、洪棄生、周定山、連橫、杜潘芳格、沈光文、陳秀喜、楊華、翁鬧、呂赫若、吳瀛濤、姜貴和鍾理和等人的作品；後者包括歐陽修、范仲淹、周夢蝶、余光中、洛夫、瘂弦、鄭愁予、席慕蓉、白萩、吳晟、白靈和向陽等人的作品），但那些作品有的是隨意擷取（看不出該選材有何特殊意義），有的是文學味淡薄（略嫌直露或過於淺白），顯然引不起過往行人駐足凝睇；更何況它們都嵌在灰黑大理石板鋪地，徒讓眾人踩來踏去，不留意根本不知道「腳下有大作」。倘若說這些作品有份量，即使不予以高懸，也應該將它們豎正或書刻於牆面，看的人才能在「保持距離」的情況下頓生虔敬以對的審美機趣。

那有些文學步道懂得給作品直立位置的又如何？恐怕也不太理想。且看新竹縣尖石鄉原那羅花徑文學步道所矗立的文學石碑（分別錄有古蒙仁、陳銘磻、吳念真、林文義、劉克襄和蔡素芬等人的作品）而被大水沖走後改立的那羅溪文學林和鍾理和紀念館前文學步道所鋪設的系列文學石碑（選錄沈光文、郁永河、鄭坤五、賴

和、陳虛谷、楊華、蔡秋桐、吳濁流、追風、王白淵、楊守愚、楊逵、楊雲萍、吳新榮、郭水潭、王詩琅、翁鬧、水蔭萍、張文環、龍瑛宗、巫永福、林芳年、呂赫若、李榮春、陳千武、林亨泰、鍾肇政、葉石濤、錦連和文心等人的作品）等，都一律採立姿的方式，不但滿眼巨石而缺少變化，並且還會令人誤以為文人的生命僅止於那短短的數行。在古代，不論是著錄於書畫，還是題寫於寺廟或山水勝地，或是侍宴送人，文人無不給出完整作品；如今所見的文學步道，卻儘是片彩綴飾（還常不知道為何如此挑選），徒然讓人覺得虛應故事的成分居多，想來看頭全無！

當中稍微可觀的，是臺中國美館所設立的碑林和彰化溪濱公園文學步道所關建的圓牆圓園緣上的鑲嵌，以及臺南鹽水田寮社區用燒陶和紅磚砌成的「臺灣詩路」等（該詩路甚長，共選錄賴和、陳虛谷、張我軍、楊守愚、楊啟東、楊華、吳新榮、郭水潭、翁鬧、吳慶堂、巫永福、林芳年、王登山、王昶雄、莊培初、陳秀喜、詹冰、陳千武、林亨泰、杜潘芳格、錦連、莊柏林、林宗源、趙天儀、李魁賢、白萩、岩上、沙卡布拉揚、吳鉤、胡民祥、王麗華、黃勁連、曾貴海、許正勳、藍淑貞、李敏勇、蕭蕭、吳夏暉、謝安通、陳明台、鄭炯明、莫渝、洪中周、林雙不、羊子喬、李勤岸、宋澤萊、利玉芳、鄭文山、陳明仁、董峰政、向陽、林央敏、廖永來、林建隆、路寒袖、方耀乾、周定邦、林沉默、陳正雄、張芳慈、陳金順、紀淑玲、林明堃和黃金川等人近百首的詩作，且都跟本土環境有關係），它們以各顯特色的方式展現作家作品的風貌，雖然仍有不少屬於摘錄，但整體上已經有「頗見用心」的成效可以邀人美讚！然而，這些同樣都侷限於一隅，跟真正的「公共化」或「普遍化」的理想境地還有一大段距離。因此，它們就真的僅足夠給我們一點啟發，相關的文學服務工作還需要從長計議。

2.服務無礙謀生兼成就自我

　　要把個別且隨機性的文學服務轉成普遍且常態性的文學服務，這自然得由團體或專責單位來從事，才能立竿見影。這時文學服務多少都要有相對的酬報，一方面因應從事者的生計所需；一方面累積以便維持該志業的恆久性運作。因此，在某種程度上，文學服務也是一種謀生的途徑。

　　歷史上最有名的，當屬司馬相如為陳皇后寫一篇〈長門賦〉賺到百斤黃金的故事。據李善《文選注》所收〈長門賦·序〉的記載，陳皇后失寵於漢武帝，被貶居長門宮，她託人請司馬相如寫一篇文章以表明自己的初志不變，盼望漢武帝能回心轉意。後來賦成，陳皇后依約給了司馬相如黃金百斤，外加細絹八疋、美酒六斗，極為厚賜。這件美事，不知羨煞多少人。實際上，古代文人受託撰文而獲取潤筆費的現象，比比皆是，只差不及司馬相如的好運氣。李詡《戒庵老人漫筆》不就記述了一件事：

> 常熟桑思玄，曾有人求其文，託以親昵，無潤筆。思玄謂
> 曰：「平生未嘗白作文字，最敗興。爾可將銀一錠四五兩置
> 吾前，發興後待作完，仍還汝可也。」

向人求文，卻託詞親昵而不給潤筆費，實在叫人暗自嘔氣！不過，當事人更有趣，他明要對方先將銀兩送來，讓他過把癮再還回去。這至少在精神上已經取得潤筆費，並沒有做白工。可見文學服務是不礙謀生的。換句話說，從事文學服務的人也要吃飯（他未必有家產作後盾，可以作純義務性的文學服務），我們不能寄望他挨餓來開展相關的志業。

話說回來，文學服務有時候也會讓別人得利而自己隨後則置身事外。好比王溢嘉《褲襪‧天花與愛因斯坦：創異啟示錄》所提到的一個創意人幫助瞎子乞丐發財的故事：

> 在紐約的街頭有一個人坐在地上，前面放了臉盆等待路人的施捨，旁邊放了大紙板寫著「我是瞎子」。但行人匆匆經過，這個人並未被救濟；直到一位創意人經過對他感到同情，卻沒有硬幣可以捐獻，他為路邊的紙板加了幾個字，不久臉盆裡就裝滿了路人施捨的錢。到底加了什麼字，有這麼大的效果？原來這位創意人加的是：「現在是春天，而我是瞎子。」

　　就語言學來說，春天和瞎子彼此並沒有邏輯上的關連，所以上述二句應屬失格。但這種「語意的飛躍」卻是文學的常態，以至「現在是春天，而我是瞎子」無異成就了足以創新意境的文學語言。也就是說，該創意人把瞎子的不幸轉移到春天上，讓行人領悟到他們所奢侈享受的美好春天景象，竟然暗含著對一個無福消受的瞎子的虧欠，從而甘願掏錢代春天補償對方，該創意人的巧思和義舉也因此傳為美談。這是很高檔的文學服務：自己成就創意，而讓別人獲利。有機會，大家也可以嘗試看看。

　　原則上，文學服務還是要有合理的報酬，才能走得久遠。而它在把可能的「職業」轉成「志業」（不純為牟利）的過程中，主要是靠「成就」。也就是所用來服務社會的文學作品是自己創作成的，即使有搭配他人的東西，所佔比例也不宜太高；否則就會「喧賓奪主」，而失去「文學服務」的意義。根據這一點來看臺灣一地現成的文學步道，就不算是可稱道的作法，因為它們所選錄的都是

別人的作品，既不類古代文人的親自題詠，又無法顯示相關團體或公家單位自我的創作成果，在「兩頭落空」的情況下，服務績效就很有限了。

本脈絡所懸的旨趣是「服務無礙謀生兼成就自我」，而要讓謀生和成就併現，當然就得凡事自己來。而自己來的前提，則是已經有能耐創作和設計以及執行善後等，但也不排除尚未具備此條件的人經由學習栽培而一樣有本事可以從事這類工作。因此，文學服務不啻就是一個「不斷鍛鍊成長」的歷程，它所需要的是才華和熱情；而背後用來支持的力量，則在那反全球化壓縮我們生活空間所存的識見和危機感。

基於這個緣由，相關的文學知識也就有需要在這項活動中起作用。畢竟向來文學不是「一個樣子」，而我們究竟要在什麼時空從事什麼樣的文學服務，就得有一通盤的考量；反過來，當被服務的對象有不同的「文學樣式」的需求時，我們也得有辦法應付而圓滿一次妥適的服務。而依我所能掌握的，東西方的文學已經繁衍

文學服務可以靠「成就」持續下去

出了創造觀型文化式的文學、氣化觀型文化式的文學和緣起觀型文
化式的文學等類型，在文學的表現上就分別有漫長的敘事寫實、抒
情寫實和解離寫實等取向；它們都各自在模寫所要模寫的形象（敘
事寫實是在模寫人／神衝突的形象；抒情寫實是在模寫內感外應的
形象；解離寫實是在模寫種種逆緣起的形象），而整體文學也因為
有這樣的「爭奇鬥豔」而饒富審美情趣。只是創造觀型文化內部緣
於媲美上帝造物本事的企圖心越見強烈，導致敘事寫實的傳統終於
被現代前衛的新寫實所唾棄；爾後又竄出後現代超前衛的語言遊戲
和網路時代超超前衛的超鏈結等在持續的展現「再開新」的勇氣。
而這些可以整合來加一圖示：

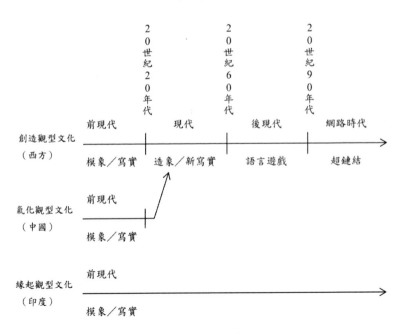

文學的表現

當中氣化觀型文化內的文學表現從二十世紀初以來就幾近停頓而轉向西方取經,從此沒有了「自家面目」;而緣起觀型文化內的文學表現本來就「不積極」(但以解脫為務,不事華采雕蔚),也無心他顧,所以雖然略顯素樸卻也還能維持一貫的格調。而不論如何,它們都是透過意象/事件的比喻/象徵化來讓人興起審美感受,從而體會到一種「無關心」的趣味(詳見前章第三節)。而這種趣味,一方面由作者的研練加持所營造潛蘊;一方面則由讀者及其所隸屬社群的相關涵養所發掘享受。它無關政治/道德,只從比喻/象徵等手段出發,直到充分被領會賞鑑為止。只是意象的比喻/象徵化和事件的象徵化,在中西各自的發展中已經出現系統的差異。前者(指在西方的發展),因為有人/神兩端的對立(人在塵世而神在天國),而人經由不斷地遙想化解人/神衝突的方案,馴致迭有馳騁想像力而大量展現隱喻、換喻、借喻和諷喻等藝術形式以及廣被多重變換敘述觀點、敘述方式和敘述結構等來象徵審美的現象;後者(指在中國傳統的發展),則因為氣化關係在同一個世界,最後要藉由內感外應來綰結人情/諧和自然,以至弱化了比喻能力而凝鍊於象徵(非大開大闔式的)。如果再以緣起觀型文化這一系的逆緣起解脫表現為彼此的對照系,那麼它們的差異就可以圖示如下:

當中緣起觀型文化所預設的涅槃（佛）境界，只是解脫後的狀態（也就是生死俱泯），迥異於創造觀型文化所預設的天國的實有。只不過該境界的趨入不易，仍有可以臆測的空間，所以它的筌蹄式的詩偈還是有某種程度的想像力的發揮。唯獨氣化觀型文化受限於氣化「一體」的世界觀，盡往高度凝鍊修飾用語上致力，至今依舊跨域不易成功。

　　上述三大文化系統中的文學表現，可以分別舉莎士比亞〈十四行詩〉、李商隱〈錦瑟〉和竺法護譯《普曜經‧降魔品第十八》中一段偈頌為例，來以見一斑：

十四行詩（二）　莎士比亞

　　四十個冬天圍攻你的容顏
　　將在你美的田地裡挖淺溝深渠，
　　你青春的錦袍，如今教多少人傾倒，
　　將變成一堆破爛，值一片空虛。
　　那時候有人會問：「你的美質——
　　你少壯時代的寶貝，如今在何方？」
　　回答是：在你那雙深陷的眼睛裡，
　　只有貪婪的恥辱，浪費的讚賞。
　　要是你回答說：「我這美麗的小孩
　　將會完成我，我老了可以交賬——」
　　從而讓後代把美繼承下來，
　　那你就活用了美，該大受頌揚！
　　你老了，你的美應當恢復青春，
　　你的血一度冷了，該再度沸騰。

錦瑟　李商隱

錦瑟無端五十絃
一絃一柱思華年
莊生曉夢迷蝴蝶
望帝春心託杜鵑
滄海月明珠有淚
藍田日暖玉生煙
此情可待成追憶
只是當時已惘然

普曜經・降魔品第十八　竺法護譯

禁戒清靜不樂觀	所視恭敬無瞋恨
所察威儀無愚冥	其身微妙審詳序
快說女人之瑕穢	已離愛欲無所戀
天上世間無等倫	不見真行如是者
所在進止睹女像	本淨謹慎妙巍巍
堅一其心無瑕穢	猶如安明不可動
察福威神及功勳	從無數劫護禁戒
清淨梵天無數億	頭面稽首真人足
必當降伏我魔兵	輒成道德如前佛
以故我等不可爭	逮得尊業療一切
所觀如空明珠寶	億載菩薩往恭敬
若干離形如妙華	迦留須倫山樹木
有所思惟無想念	咸來供養於十力

其面眉間功勳光　斯明極曜遍照遠
所行之處無求便　所受根本無所失
無瞋無瞋無所有　舉動做事常少欲

莎士比亞〈十四行詩〉，為了勸女方別再矜持不接受別人的愛，光前四句就遍採隱喻、換喻、借喻和諷喻等可見的比喻技巧，顯得聯想翩翩，儼然一副奔放自如且「主導權」在我的樣子。而李商隱〈錦瑟〉，向來最稱費解，但也只用錦瑟絃數和四個典故在象徵自我身世坎壈的悔恨。至於〈降魔品第十八〉偈頌，則是魔女迷惑釋迦牟尼不成返回魔所而發的，僅以簡單的「妙巍巍」、「安明」、「空明珠寶」、「妙華」等明喻釋迦牟尼的法相莊嚴和「無愚冥」、「無等倫」、「無瑕穢」、「無想念」、「無求便」、「無所失」、「無所有」、「常少欲」等象徵釋迦牟尼的修行定力，也只著重引發讀者仿效解脫，並不涉及過多的美感促銷。

如果暫時不計緣起觀型文化那一系的文學表現（因為它僅以文學為筌蹄而不崇尚技藝變化），而就其他兩系的文學表現來看，那麼類似的質距，還可以舉兩首當代詩為例：

迴旋曲　余光中

琴聲疎疎，注不盈清冷的下午
雨中，我向你游泳
我是垂死的泳者，曳著長髮
　　向你游泳

……

在水中央，在水中央，我是負傷
的泳者，只為採一朵蓮
一朵蓮影，泅一整個夏天
　　仍在池上

……

我已溺斃，我已溺斃，我已忘記
自己是水鬼，忘記你
是一朵水神，這只是秋
　　蓮已凋盡

女人的身體　聶魯達（P.Neruda）

女人的身體，白色的山丘，白色的大腿。
你像一個世界，棄降般的躺著。
我粗獷的農夫的肉身掘入你，
並製造出從地底深處躍出的孩子。

……

但復仇的時刻降臨，而我愛你。
皮膚的身體，苔蘚的身體，渴望與豐厚乳汁的身體。
喔，胸部的高腳杯！喔，失神的雙眼！
喔，恥骨邊的玫瑰！喔，你的聲音，緩慢而哀傷！

……

前一首白話新詩為此地詩人仿西方自由詩寫成的，僅以白蓮／泳者和水神／水鬼兩組意象的對列來象徵一場情愛不成的遺憾；這除了形式和西方自由詩類似，整體上還是傳統那一觸景生情／睹物思人的遺緒（並沒有創新什麼）。後一首為西方道地的自由詩，意象彩麗紛繁，將詩人所鍾愛的女子妝飾到難以復加；當中所借為隱喻該女子身體的「白色的山丘」、「苔蘚的身體」、「胸部的高腳杯」、「恥骨邊的玫瑰」等構詞，則不啻有意要創新一個引人迷戀的女子的形象。可見詩固然都在抒情，但所表出方式卻有跨域上的位差。

　　此外，論及學派的競相出奇，則都在創造觀型文化的文學表現中發生，而這在國人的「轉向」追隨後，也迭有精采的作品可以玩味。如底下兩首分別歸屬現代派的造象美感和後現代派的語言遊戲美感的詩作：

房屋　　林亨泰

笑了
齒齒
齒齒
齒齒
齒齒
哭了
窗窗
窗窗
窗窗
窗窗

連連看　　夏宇

信封　　圖釘
自由　　磁鐵
人行道　五樓
手電筒　鼓
方法　　笑
鉛字　　□□
著　　　無邪的
寶藍　　挖

前者藉舊式平房的形象來創新一種關係笑和哭的「品質」：不論笑或哭，都以四拍和兩次為合適；少了不夠真誠，多了則會跟智商成反比。這仍出以意象象徵該意（美感近似滑稽），但已有一種「嚮往未來」的企圖（迥異於前現代派的意在「緬懷過去」），是否成理則由讀者逕行判斷。而後者在形式上拼貼了一些異質性事物（每樣東西都互不相屬）；而在技巧上則諧擬了制式教育中試題「連連看」的崇高性（將它降格成無法可連）。從異質性事物的差異到上下兩排符號連無可連，此詩可說是極盡雙重解構的能事，頗有「以解構為創新」的文化內蘊質性（至於它又該重構出什麼新的教育觀念，則可以留給讀者自行去設想）。

　　至於再跨進到網路時代派的，它的多向文本形態不易在紙面上重現，但無妨以我一首模擬超鏈結情況的童詩聊表人可藉科技來創作自己想要作品的意思：

除了超鏈結，還有一個互動機制也在從旁有意無意的深化網路時代派的延異姿采（以解構為創新的進一步落實）。它是以寬容作者／讀者角色互置的作為，將一個虛無場景點綴得「好像有那麼一回事」；而在這國內，仿效的風氣也早已開啟。如須文蔚「觸電新詩

網」裡有一首〈追夢人〉的互動詩。它是以JAVA語言編寫，邀請讀者填完十個問題後，才會呈現讀者和程式作者「共同完成」的詩作。它的程序是：

1.你和你的情人的總和□（任選一數字）

2.為情所困，失眠天數□（任選一數字）

3.你的名字□（請填入你的名字或匿名）

4.你最喜歡的魚□（請務必填入一種魚）

5.你最愛的海洋□（請務必填入一個海洋）

6.你最喜歡的床□（請務必填入一張床）

7.你最喜歡的花□（要有花瓣喔）

8.你最心愛的人□（沒有情人，就填心所愛的人）

9.你最駭怕的天災□（人禍也可以啦）

10.你在道別時會說的話

當中4、5、6，會分別給「座頭鯨／神仙魚／熱帶魚／美人魚／黃魚／鱸魚／吳郭魚／虱目魚」、「大西洋／太平洋／印度洋／黑海／北極洋／冰洋／尋夢洋」和「席夢思／水床／單人床／遼闊的單人床／行軍床／海床」等提示（要你偷看）；而你如果按題填入10、1、Liz、座頭鯨、太平洋、席夢思、玫瑰、James、戰爭和這就是人生等，就會出現這麼一首詩：

10個海洋與1個無眠的夜

——獻給James

一尾座頭鯨泅泳於我的睡夢中

尾鰭把暈船的星星撥弄出水晶音樂

隨即沒入的荒涼裡

寂靜席捲我1個無眠的夜

我不要在上等待消逝的夢

也不在岸邊打撈你如玫瑰花瓣般墜落的身影

決心把戰爭後的心浸入海潮

非法闖入你隱身的10個海洋

在你的遺留的踪影裡探險

這就是人生

這類互動機制還無法完全開放讀者參與寫作而導致所有書寫和閱讀的成規都會被召喚回來而抵銷了跨文本的基進創新的用意。雖然後者也可以成為一種新的「數位文學」觀，但在相關條件不能一起配合的情況下，它大概也只能停留在「一種想望」階段。縱是如此，文學的新穎化，還是從這一波異質素的介入而繁衍出了甚多品類（至於還有事件在西方人的聯想虛構中，也已經從前現代到現代再到後現代和網路時代等幾番「飛渡」過去，那就不煩舉例了）；國人想要重拾民族自信心，依然得因應它的挑戰，不論是再融鑄出奇，或是再別為創新，都有蠻長一段路要走。而所謂文學服務要兼成就自我，其實從這裡找到「進趨途徑」，也是一個大好機會。

3.文學服務可以補純行動式服務不足的缺憾

依照經濟學所說，服務或勞務是無形的貨物，而且生產和消費同時發生（如計程車司機提供的服務）。此外，跟貨物（如食品）或實務支付（如公勞保年金）相比，服務或勞務只能在當下發生，而無法被移轉、儲存和運輸等。因此，管理學者就認為現今流行的

文學服務不為純牟利的經濟行為而存在

文化產業所提供的就是「服務」，例如音樂會或劇場演出、社區大學的課程或藝術學院的面授等。當然，文化產業也會有「貨物」，像視覺藝術作品和書籍等，只是重要性不及前者。而從這一點來看，文學服務也理當被歸為文化產業的一環；但有關它的「遍地開花」性和可以「無限挹注」性，會更顯服務特徵，終而遠離產業升級的資本主義牟利計謀。

事實上，當前行業的區分，如製造業、營造業、工礦業、養殖業、畜牧業、煉油業、生技業、醫護業、電子業、資訊業、傳播業、出版業、販賣業、金融業、美容業、服飾業、旅遊業、娛樂業、教養業和運輸業等，只要不是純粹生產貨物的，都帶有服務的性質（何況那些純粹生產貨物的行業，內部也會設立服務處，專門提供諮詢和轉介等服務），這樣有關服務和非服務行業的劃分也就沒有多大意義。但我們所需求的文學服務，卻不能跟各行業混同，它永遠要以保持「精神勝出」的優位性為宗旨，而跟結合物質的計價滾利有所區別。

換個角度看，現實中有不少以影視為訴求或透過繪畫、音樂、舞蹈、建築和雕塑等藝術來連結人心的服務方式，也早已風靡社

會，又為何非加入文學服務不可？這就涉及一個美感強度不同且影響力深遠與否的問題。我們知道，影視經常會把文學轉換為影像產出，而形成一個個虛擬的場景。如圖所示：

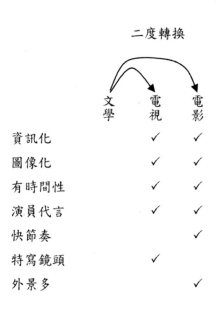

二度轉換

	文學	電視	電影
資訊化		✓	✓
圖像化		✓	✓
有時間性		✓	✓
演員代言		✓	✓
快節奏			✓
特寫鏡頭		✓	
外景多			✓

但文學經過二度轉換變成電視／電影，因為資訊化／圖像化／有時間性／演員代言／快節奏／特寫鏡頭／外景多等關係，幾乎要「一覽無遺」的呈現在觀眾眼前，使得觀眾無從像閱讀文學那樣去「填補空白」而「參與寫作」，大為減低文學性。當然，電視／電影改編自文學，所不及原作細膩處理人物心理和互動網絡的微妙後所「多」出來的影像化、多感官刺激和演員代言的演技可觀摩等特徵，還是自成一個品味區域，可以讓觀眾欣賞裡頭的詮釋功力和繁衍色彩。只不過它的文學形象已經大為失味（更別說它所卯上資本主義邏輯而參與耗能的行列，還會讓人憂心將無以為繼），很難寄

望它普遍且持久化。還有晚近網路發達，相關的影像又多了一個舞臺可以表現，但它保不住文學本真的情況也類似，仍然會給人發出像王偉忠《我很怕，但我還有GUTS！》這樣的感嘆：

> 影音或網路不管多麼盛行，還是不能取代文字的魅力。就像在秋天的午後，看秋陽燦爛，路上行人顯得特別好看；這裡微風吹動女孩的髮絲、翻起桌上的書頁，那裡有一老人慢慢走過，總覺得有一首唐詩或宋詞能夠形容我眼前的世界：「秋氣堪悲未必然，輕寒正是可人天」、「一年好景君須記，最是橙黃橘綠時」……真是「詩」到用時方恨少啊！

影像或虛擬場景不可能讓人有這種秋風颯爽的真實的感受，以至恨文學（詩詞）不能描摹得更多，也就會在人心裡沉澱一個特別的記憶，只要時機到了就會爬出來再演一段跟它相遇的激動。

至於繪畫、音樂、舞蹈、建築和雕塑等藝術，它們被藉來服務社會同樣也會有審美的效果，只是它們的美感強度往往不及文學（也就是比不上文學那樣具有被多方玩味賞鑑的縱深）；況且它們都有特定的展演空間，不像文學既能隨處見跡又能動靜態呈現兼備，只要有需要文學都可以啟動致奇。此外，文學服務還可以很人性化。如abooks博客思出書服務網曾經刊載過一則信息：

> 前兩天一位臺東長濱鄉八仙洞那個地方來的老太太，她要出書。她沒有讀過多少書，雖然有三個兒子都是大公司的老闆，但現在還是一個人在鄉下種田……我想大概她要出一本她的奮鬥史，或者是寫她教養三位大老闆的過程，不然就是她的家族史吧！結果，我猜錯了。她想要出的一本書是《原

住民的生活全紀錄》。在那個窮山惡水之地，她含莘茹苦的
　　養大了孩子，到了可以享福的時候了，但她卻把自己獻給原
　　住民……除了希望出原住民的書之外，她還打算在樟原建立
　　一個圖書館、視聽中心和K歌中心。

這實際上早已有個人或團體在提供相關的服務，使得想要完成出書
夢的人都能獲得口述紀錄整理的協助。顯然文學服務不但比藝術服
務更切合人性，而且它著實美化人心和環境的影響力還要更勝一
籌。因此，如果說生產和消費要同時發生才叫服務的話，那麼文學
服務已經準備好「隨時讓你感受得到」；而它的可以「應需調整」
和「變化多端」等特性，恐怕也沒有其他服務能夠勝過和取代。

　　所以要從理上把文學服務提到這個高度，用意不在反過來代
替其他服務，而是要凸顯文學服務的高格化以及在現時環境下的不
可或缺性。倘若可能的話，它應該積極的著為典範而期待日漸成為
風潮，或許對於淑善世界的偉業才有「百尺竿頭」領航的效果。再
說當今社會並不缺乏維護大眾生活機能的行動式服務，那些服務有
的對當事人來說還是受僱或受委託作義務付出（如信仰服務、諮商
服務、救濟服務和求職服務等），但它們卻都像貨品交易般只求速
效，根本不在意長遠的蒙受好處。因此，在不取代各種純行動式服
務的前提下，文學服務就真的是在紹繼補前者的不足（雖然它們的
義務付出很可感），目的在於喚起大家的審美欲求，從而一起來思
考怎麼減卻對物質的依賴，以為延緩能趨疲臨界點的到來。

　　就人類累積的經驗來看，文學的可期待性是恆在的，而它在
體驗審美感興的優著特徵上也毋庸置疑，最後就只剩我們怎麼把它
轉發揮更大的效用。艾德勒（M. J. Adler）《如何閱讀一本書》提
到「暴君並不怕嘮叨的作家宣揚自由的思想；他只駭怕一個醉酒的

詩人說了一個笑話，吸引了全民的注意力」，是否就因為這已成了西方人的共識，所以才會相繼有柏拉圖（Plato）說出「會說故事的人，將統治社會」和波特萊爾（C. Baudelaire）說出「由於想像力創造了世界，所以它統治這個世界」等文學無冕王的話語。而這也導致卡西勒（E. Cassirer）在他的《語言與神話》書中要這樣大表肯定：「文學既不是一種快感，也不是消遣或娛樂，而是一件神聖的大事。」

反觀我們自己的傳統，固然不曾有過上述這類一如上帝臨場的口氣，但也從未小看在益世、榮名和精神不朽上的作用。如曹丕《典論·論文》所說的「蓋文章經國之大業，不朽之盛事。年壽有時而盡，榮樂止乎其身，二者必至之常期，未若文章之無窮。是以古之作者，寄身於翰墨，見意於篇籍，不假良史之詞，不託飛馳之勢，而聲名自傳於後」，足以代表古來國人重視文學的一斑。因此，沈約《宋書·謝靈運傳論》所條陳的「民稟天地之靈，含五常之德，剛柔迭用，喜慍分情。夫志動於中，則歌詠外發。六義所因，四始攸繫，升降謳謠，紛披風什。雖虞夏以前，遺文不睹，稟氣懷靈，理無或異。然則歌詠所興，宜自生民始也」，也就成了一道曠古遺響，告訴我們文學實在是源遠流長的呀！而事實上，人在有所感物、感身、感不平和感治亂的餘暇，不藉文學創作來宣洩情緒，也真會悶出病來。所以鍾嶸《詩品·序》所述及的「氣之動物，物之感人，故搖蕩性情，形諸舞詠……若乃春風春鳥，秋月秋蟬，夏雲暑雨，冬月祁寒，斯四候之感諸詩者也」、司馬遷《史記·屈原賈生列傳》所揭發的「屈平疾王聽之不聰也，讒陷之蔽明也，邪曲之害公也，方正之不容也，故憂愁幽思而作〈離騷〉」、韓愈〈送孟東野序〉所感觸的「大凡物不得其平則鳴……人之於言也亦然，有不得已者而後言，其歌也有思，其哭也有懷。其出乎口

而為聲者，其皆有弗平者乎」和柳冕〈與滑州盧大夫論文書〉所論斷的「夫文生於情，情生於哀樂，哀樂生於治亂，故君子感哀樂而為文章，以知治亂之本」等等，自然就都說到關鍵點上了。

在文學眾類型裡，詩最精鍊語言和新穎技巧（廣為實踐明喻、隱喻、換喻、借喻和諷喻等高想像力），常博得「文學中的貴族」的雅號。而說實在的，詩的創意無限所引起讀者隨著聯想不絕的審美享受，已經獲得識者極力的推崇。像清代就有「人生有三恨：一恨鰣魚多刺；二恨海棠花無香；三恨曾恐不會寫詩」的傳言；而趙翼也有「國家不幸詩家幸，吟到滄桑句便工」這類的讚嘆。

再看西方，應該有很多人會同意尤夫（P. T. Jouve）所說的「詩就是一個靈魂為一種形式舉行的落成禮」；而擴充開來，就會到葛蘭姆（M. Graham）所指出的「一個社會沒有詩，就得死亡」那種地步。換成感性一點的說法，最好世上都是詩人。正如韋爾斯特拉斯（K. Weierstrass）、白朗寧（R. Browning）和齊克果（S. Kierkegaard）分別所說的「一個數學家除非稱得上是位詩人，否則不能算是真正的數學家」、「我想結識一個作畫的屠夫、一個以寫詩為業的麵包師」和「我認為結婚以後，一個男人沒有變成幽默大師的話，他必定是個可悲的丈夫。就同樣意義來說，戀愛中人沒有變成詩人的話，他必定是個差勁的情人」這樣（連數學家、麵包師、戀愛中人都要是詩人，還有誰可以不具備相同的資格呢）！

這麼一來，文學服務就得以詩作為核心（或用來靜態布置，或轉為動態展演），才能滿足社會或顯或隱的需求。至於它所創意象經常個別性高而難以理解，這也不必把它當成問題，畢竟詩本就為了供人翫味深契，隱晦才有足夠的質地（淺白反而會落入平凡下乘）。這證諸從現代派以下的詩作，乍看往往有如「有字天書」，但經過細繹慢理後卻又覺得創意十足（從前節所引部分作品

可知）。如果文學也有反向邀請讀者提升程度來領受的蘊意，那麼所有身在此中的人想辦法跟創新文學一起成長，也就是社會追美更臻上乘的保證，大家不妨敞開心胸來對待詩的曲折啟蒙徑路。

4.以文學服務為前導能夠創造新機

當文學服務能致力於補純行動式服務不足的缺憾後，它的文字美感也應該可以順勢在現前的社會開創出一番新的契機。這不只是因為人的感性確是需要調適升級，更重要的是我們沒有本錢再像過去那樣揮霍無度，這個世界很快就會面臨人類「自作孽」所造成的生態大災難，而文學是必要信賴的新救贖（詳見前章第三節）。

這也等於在表明，確立文學服務可以補純行動式服務不足的遺憾後，還得知道文學服務能夠具體的開啟什麼新契機（而不是說這樣就自然形成了）。這有一部分原因也緣於文學偶爾會遭到無用的質疑或非理性的指控，致使它想要在現實中開創新機就得先經過自我辯解歷程，以便取得更可信的通行證。換句話說，我們不宜一味的推崇文學，而忽略了某些明示暗喻的否定或鄙視的言論，因此試著加以疏通，理應會有助於順利到達文學全面啟動的終點。

雖然感性豐沛的人可以一再宣稱文學的好處，但在狀況外的人卻仍會執意於質問「文學究竟有什麼用處」。其實，這種不信任本身就充滿了疑問，因為它所藉來衡量有用與否的標準只偏向金錢獲利之類，而鮮少連結到人的精神感動。這有一個很簡單的類比：屋內最有用的地方是廁所，但它卻是最醜的；而最無用的地方是掛畫，但它卻是最美的。現在把掛畫換成文學，一樣成立。可見我們得從「精神上有用」的角度來看待文學，才能相應於它的存有性，而很難僅從「物質上有用」一端強迫它屈從（再說即使是鈔票，不用時也只是一張廢紙。所以重點在於如何把文學用在恰當的地方，

正如怎樣用一分錢買到一分貨）。而就文學和藝術來說，文學所能帶給人生活上凌空波動上的改變以及不斷在發想中曲衍突進的樂趣等，還會在美感提供上更勝藝術一籌（詳見前節）。因此，所謂「當你和我都具有雙唇和聲音，／可用來歌唱和接吻，／誰還會去關心／那個無聊的傢伙發明了度量春天的工具」這一康明思（e. e. Cummings）屬詩的感觸和「詩是在理性之前所作的夢」、「詩是人類對一種崇高美的追求」等分別為切瓦（T. Ceva）、波特萊爾所期許的志業，也就有我們難以「不鳴共與信」的地方。

根據前節所說，文學是以詩領銜的，它最稱高貴。而實際上，它的體式繁多，也已經實驗而自我搏造出一種雍容的氣度和無上的光華，不是一個草率的鄙薄就能否定它的存在價值。而這一點，可以先以西方一系的共同表現來看，相對哲學或科學來說，詩是一種非邏輯思維的體現；這種非邏輯思維，以透過強力的各種比喻手段來營造一個全新於現實世界的場景，而我們就生活在它的美感氛圍中開始有無盡生命力的勃發和躍動。就像賀奇生（R. Hodgson）的詩說的「理性有月亮相伴；月亮卻不屬於它。／投映在鏡面般的大海上，／困惑了天文學家，／啊，卻討好了我」那樣充滿奇情，且隨時都會有亞何（J. Harjo）「詩就像一座愛的發電廠」的慰語加持而陶然忘我。這時大家就不妨相信海德《禮物的美學》所說的「當詩人處在靈光乍現的心境時，世界顯得很大方，對他吐露芬芳」，讀詩同樣會有這種感覺。這樣詩就不僅是像柏拉圖所考得的「詩人是一種四體發光、脅生兩翼的神聖之物，除非受到啟示，否則詩人是寫不出詩來的……因為讓他吟出詩句的，不是藝術，而是神的力量」那一純為被動接受繆思憐愛的產物，它毋寧還可以經由詩人的聯想練習而鍛鑄偉貌。相同的，只要有類似特殊識見和審美涵養的人，也會禁不住想在詩的國度裡粲然的悸動！

大學校園多有文學人才卻未見用於文學美化的營造

　　上述這一感性體驗，照理是一個「完整」的人所會具有的，並且也早已經過維柯（G. Vico）《新科學》、布留爾（L. Lévy-Brühl）《原始思維》和李維史陀（C. Lévi-Strauss）《野性的思維》等在理論上予以肯定，實在不合再讓單執理性的人以「一偏之見」來混淆視聽。而除了西方這種噴薄吐屬情思且高度自由的馳騁想像力例子，還有無意響往張揚調性的中國傳統所崇尚內感外應的蘊藉美，以及印度佛教所開啟且流布中土的那一傾向於逆緣起解脫的衷懷（這約略可以從《菜根譚》所說的「兩個空拳握古今，握住了還當放手。一條竹杖擔風月，擔到時也要息肩」和《三國演義》開篇〈臨江仙〉一詞所說的「滾滾長江東逝水，浪花淘盡英雄。是非成敗轉頭空，青山依舊在，幾度夕陽紅。白髮漁樵江渚上，慣看秋月春風。一壺濁酒喜相逢，古今多少事，都付笑談中」等作品見著一斑），也自有韻味能夠相互證成。這倘若還要遭受那些自居理性或文明的批評者所有「感性狀似野蠻」的指控，那麼他們在先天上就難以「與知一二」了。於是「文學是讀書人的騙術，是專騙大學生的賭博紙牌遊戲：你所看到的都不是最後得到的東西」這一柯德威（I. Caldwell）、湯瑪遜（D. Thomason）《四的法則》小說裡的「反

諷」，就跟現實中我們所看到的精神醫學要強暴繆思那樣的荒誕！這麼一來，如果沒有例外，我們就得為文學保留最大的存活空間，讓比喻和象徵等技藝或本體力量永遠可以在文學裡找到它的衝動。

經過這般的疏通後，文學服務要開創新機所需要的前提就具備了。而這首先在理念上，不為「拚經濟」式的文創事業，而為實質的深入美化人心和環境。前者的複製性和大以營利為目標，會讓創意滑落而釀致跟企業「貪得無厭」沒有兩樣的下場，顯然不是無從複製的文學服務（每一個案都是獨立的）所能想像的。再說文創事業的範疇如果廣泛地包含考夫（R. Caves）《文化創意產業：以契約達成藝術與商業的媒合》所說的「書籍、雜誌、報紙、視覺藝術（如繪畫、建築和雕刻等）、表演藝術（如戲劇、音樂會和舞蹈等）、唱片、電影及電視、流行時尚和電子遊戲」等，那麼文學服務也不可能是當中的選項。好比國內《文化創意發展法》從2010年8月訂定實施以來，政府所據為一併推動的產業，也僅重視電視、電影和流行音樂的投資，其餘的藝文活動都只給予補助、育成和貸款等，而文學服務這種沒有名目且缺乏經濟報酬的事業，根本不會被列入考慮的範圍。這樣從事文學服務的人還妄想跟其他文創事業「爭食大餅」，不啻是枉費心力兼自討沒趣！

其次在實踐上，要看準文學所能施展的情境。當今我們的文學，只在報刊、書店、舞臺、影視、廣播、網路和學校少量教學等特定場域存活，此外還有更廣大的外在環境就難能見著；尤其是文教機構、公園和藝文館等特別要藉重文學來美化的公共空間，幾乎都看不到有文學的影子，只有讓文學進駐這些地方，它才會「帶領風氣」而逐漸普遍化起來。同樣的，各行業駐地裡外空間的美化，也有待文學加入而顯出生動活潑的氣氛。還有在動態方面，許多學校、教養院、故事屋和志工培訓等，已經有說演故事的活動，甚至

文學也被引進企業作為激勵員工活力的媒介或成為諮商團體替人治療心理疾病的憑藉；只是仍有更多機會要讓文學轉成動態實感的卻都尚未展開（如內部徵獎文學、舉辦得獎作品或新創作品發表會、錄製特殊文學欣賞表演活動，供大家觀摩溫習及把文學轉成研發新濟世方案和實質成果等），這些都是文學服務可以介入再讓它們「重展光華」的契機所在。

再次在自我使命加被上，以一個恆久維持淑世熱情來面對文學服務可能的運勢消長問題，而不再別有非分的奢求。換句話說，文學服務既然不崇尚（也不可能）文創事業創新而導致維葉特（M. Villette）、韋勒摩（C. Vuillermot）《偉大的企業家都嗜血？：從掠食者到商場英雄的成功之道大揭密》所說的資本主義同道透過創新到處掠食的不堪後果，那麼它就只能靠自然形成風氣而產生瀰化的效應。大家知道，瀰是道金斯（R. Dawkins）《自私的基因》書中率先察覺確立的概念。它從希臘字根的英文mimeme截取而來，為的是希望讀起來有點像gene這個單音節的字；並且這字也可以聯想到跟英文的記憶（memory）有關，或是聯想到法文的「同樣」或「自己」（même），而方便賦予「文化傳遞單位」的意涵。由於它的科學基因的類比性，可以複製傳播，所以也被後人如林區（A. Lynch）《思想傳染》稱作活性的「思想傳染因子」。前者，道金斯認為可舉的例子太多了：

> 旋律觀念、宣傳語、服裝的流行，製罐或建房子的方式都是；繁衍的方式是經由所謂模仿的過程，將自己從一個頭腦傳到另一個頭腦。例如科學家如果聽到或讀到某個好的想法，他就將這想法傳給同事或學生，他會在文章裡或演講中提到它，從一個頭腦傳到另一個頭腦。

而後者，林區甚至把它比喻作流行病：「思想傳染因子就像電腦網路上的病毒軟體，或城市中的流行病毒，會透過高效率的『程式設計』，規劃自身的傳染途徑，蓬勃發展。信念在很多方面會影響傳播，甚至可以引發不同的觀念『流行病』，展開一場不在計劃中卻多采多姿的成長競賽。」可見瀰早已不再中性化，它的「新生」力量正在穿透理論的氛圍而被扭轉成一種可以開啟前衛論述的動能；同時它的這般重新賦義，也使得瀰本身開始瀰化而廣被世人所沿用和探索不已。文學服務倘若也能產生類似的效果，那麼它的引起風潮也是指日可待的。

　　於是在相信以文學服務為前導能夠創造新機的當下，我們也必須有「無限延後」發生影響力的心理準備，畢竟它還有許多諸如說服、溝通和阻力化解等難題橫在前面，沒有人有辦法打包票說往前一定能順遂如意。倘若遇到挫折就退縮回來，那麼這一項曠世偉業自是沒有推出且「冀其成功」的一天，而所有的建言也都得付諸流水，從此再也看不見世界轉好的一線曙光。想必這不會是任何一個不忍眼睜睜看著世界日漸沉淪的有心人所希望的。而從這個太過欠缺文學優質美化的角度來看，文學服務就真的是促使它「升級」的一個絕佳的契機，沒有人有足夠的理由可以否棄它的形成和踐履；而所有有志於此一淑世大業的人，也應該把握這難得的機會戮力以赴，期待來日能夠「開花結果」。

三 文學服務的策略

　　以文學服務為前導所能夠創造的新機，已經從各種可能的情境予以提點了；而它所不宜貿然混上文創產業的作法，以及可以透過淑世的熱情來希冀瀰效應的發生等，這一相關理念的堅持及其續航力的保證也都加以開列了，接著自然能順勢再進一層說解可能的文學服務的策略。

　　我們不妨先設想幾種情況：在院落中為牆邊生長的蕁麻，按上一句歐第貝帝（J. Audiberti）的詩句「攀爬中的蕁麻捲起了灰色的斑駁」；在一片青草地的空曠處，豎立一塊牌子，上面書寫畢宇侯（N. Bureau）僅有的兩行詩「在這株青草後頭，他躺下／為了放大天空」；在一幅美女的看板旁，給它加上「被人吻過的嘴唇，好運常在」這一薄伽丘（Boccaccio）十四行詩裡的句子，看會有什麼效果？這時我們宛如會目睹一場蕁麻和石牆的戰爭，而在那戲劇性的瞬間還會企圖助弱勢者蕁麻「一臂之力」，像巴舍拉《空間詩學》所說的那般幻想在老牆上再戳出一個洞；相同的，「我」所放大的天空，將詩意空間雙重生命的大小尺寸換位，也被畢宇侯那兩句詩給道盡了巴舍拉《空間詩學》所指出的「當一個習以為常的意象發展到了天空的領地，我們會突然受到情感上的衝擊，相互關連的日常物件成了縮小世界裡一件件的微物」；還有讓美女被路過的行人想像親吻，一種好運的感覺也會反過來自我充滿，從此不再純粹的「望美女興嘆」，這又是多美的人間喜樂畫面！

　　這樣的美感，會引發我們在看到一棵樹時，類似的想及符傲思（J. Fowles）的小說對白「樹會扭曲時間」；而在看到藝術品只

在特定時間展出時，類似的發悟沃克特（D. Walcott）的詩句「美術只偶爾在星期四繁茂」，前前後後的被更典美的感覺充溢胸臆而渾然遺忘了自己身在何處。這也就是諾伐利斯（Novalis）所說的「成為人類是一種藝術」的延伸，我們把上天所賦予的藝術美感充分發揮在面對萬事萬物而自我昇華生命。因此，如果說史威夫特（J. Swift）《格列佛遊記》書中「無論事情多麼誇張悖理，總有一些哲學家要堅持認為它是真理」這樣的話成立的話，那麼普魯斯特（M. Proust）所說的「真正的探索之旅，並不在於發現新的風景，而在於擁有新的眼光」也就成了我們改造心靈的一大福音，因為文學美感的繁衍確是需要這種「應變力」來重建我們的內外在環境。

正由於我們隨時都可能製造類似「相得益彰」的美事，所以文學服務在思考相關的施展策略時，也就有更大的發揮空間，可以把一般人所設想不及的都涵蓋在裡面，如「室內靜態和動態的文學裝飾」、「周遭環境的文學布置」、「手工藝品／食品結合文學的開發」、「文學沙龍的營造」和「其他行業的動靜態文學美化」等，都無妨引來策動謀劃而給出經營的大略。

1.室內靜態和動態的文學裝飾

就人的活動空間來說，絕大部分是位於室內，所以文學服務先從室內發想相關的策略，也就成了理所當然的事。換句話說，文學服務策略的擬訂，總得有優先順序的考量，而室內既然是人最常活動的空間，那麼從它開始形塑策略，無異是找對了入手處。

這一入手處，所關懷的自屬室內的美化問題，而它向來都缺少文學的裝飾，如今不妨來作一些可為升級式的改變。而這所要對應的，是一切經由門窗牆壁隔絕外在環境的內部空間，包括公部門、企業體、商店、學校和住家等所有的。這些建築物的內部空間，原

小學校園理應成為文學裝飾的發源地

都會經過設計裝潢和擺設，但美感僅止於對物兼少量藝術品的直覺，而遠不及文學可以遍布且提供豐富的文字涵泳。好比有個故事提及：小說家巴爾札克（H. de Balzac）書房掛著一幅沒放畫的畫框，朋友問他為何如此，他說：「你知道嗎？我只要用一點想像，世界上任何名畫就會出現在那框裡了。」巴爾札克還需要對著空畫框想像，如果某個室內真有這麼一副情景，而我們把巴爾札克的故事附在旁邊，那麼觀覽者（包括主人自己和來訪的客人等）不知道會多麼的逸趣橫生呢！

我國古代宮廷嘗見以詩人名句如「踏花歸去馬蹄香」和「嫩綠枝頭紅一點，動人春色不須多」等測試畫工，結果前者有人畫一匹馬載著主人前行而許多蜂蝶飛繞在馬蹄旁，而後者有人在危亭縹緲和綠楊掩映處畫一輕塗口紅的美婦人憑欄站立，二人因此分別拔得頭籌。我們可以想像當時的情景：在牆上寫好的詩句旁掛著這兩幅畫，看到的人肯定會眉飛色舞的擊節嘆賞這詩好畫妙！它們雖然都有題畫詩的作用，但後者大多只從正面寫出畫中意，不如它們的「巧為併置」而留予人無盡的遐思。這就是文學的特殊處，倘若沒有它來襯托，再美的東西都會折價；反過來有它的點綴提領，再不

起眼的東西（如上述巴爾札克的空畫框）也都能夠熠熠生輝。

　　顯然文學進駐室內空間後，相關的質感勢必會隨著它的映襯擁蔚而格調高華起來。因此，文學服務在這個部分就可以有幾種布置方式：首先是搭配陳設。這是緣於室內空間已經有其他擺飾而考慮的，文學的添加最好不去改變或破壞既有的格局，而僅以「為它增價」的作法參與室內美感的營造。這時文學服務就得衡量怎麼布置得宜，而可以讓人感覺整體空間的美感變強，才能顯示該布置的不為無意及其無可取代性。好比原室內就掛有少許書畫的，因為它們都會加裱框或以捲軸舒展，在旁邊添置文學作品總嫌突兀了一點，此刻就得另覓可以對看的位置而創作相應的作品布置（或書寫或打字而以較小的篇幅展示），這樣既能顯出「相互輝映」的美又可以不攪亂原有的陳設，文字書畫兩相宜。又好比原室內雖然陳列了許多雕塑或器皿藝品，但針對它所騰出或剩餘的櫃面牆壁，還是可以布置一些詠讚或呼應的文學作品，而讓那些雕塑或器皿藝品更顯審美價值。

　　其次是量身打造。舉凡住宅、商家、飲食店、旅館、民宿和文教機構等為新建或修葺過後，都可以這種方式給它們作一整體的部署，而所創作或所選取的文學作品，則以相應該室內空間的屬性和使用者的氣質格調為著眼點。至於相關文學作品的呈現，或裸書或鑲嵌或裱框（甚至配插圖或照片），也依實地空間的容受度予以裁量決定；最好還能跟其他計劃陳設的東西作搭配，以便能一併展現文物相發的多元美感特色。

　　再次是補破裂處。人的衣物穿戴久了會有朽壞而需要添工補強；同樣所有的室內空間也會因不禁歲月的磨耗或人為無意的破壞而有待補苴罅漏（如門板裂痕、牆面污損和櫥櫃缺口等所得彌補的），這時就可以將所要加上的補釘或貼片在不影響安全的前提下

換成文學作品（或書寫於彩紙或鑴刻於版面黏上），既有遮醜作用又能激發美感，可說是一舉數得（包括可以省下不必要的修補費用）。

上述三種布置方式，未必是各自孤立行動，它們也可能是相互配合執行，這就得看實際情況而定。還有所要的「搭配陳設」或「量身打造」強調以相應性為準的，那是「原則提示」，其實還可以有相對立、相疏離和相辯證等多種基進（radical）策略可以考慮，全看僱用者的需求度來作調整。姑且舉個例子，那是我在某機場洗手間所看到的一則趣聞：

記者問俄克拉荷馬大學足球教練布德認為足球對體育鍛鍊有那些貢獻。

「絕對沒有！」布德立即回答。

「絕對沒有？」吃驚的記者問。

「足球是二十二個需要休息的人在場上拚命地跑，而四萬個需要運動的人卻坐在那裡看。」布德說。

這可以當它是笑話，也可以當它是極短篇小說（都是文學作品），表面看來跟候機乘客在裡面「解放生理」沒有什麼可對應的內涵，但它卻在我一時內急坐在馬桶上發現它時暗笑到差點岔了氣，人也突然間通體舒暢起來，直到離開笑意還未曾褪去。就因為有這種「片刻解頤」的效果，所以把它布置在廁所內門板上（當時所見它是打字加護貝黏貼）就無不適當。只可惜後來它被撤去而改成禁制標語，如廁的人再也沒有機會享受跟一顆諧趣心靈相遇的歡樂。試想我們在小孩書房的門板或書桌上布置柯爾賀（P. Coelho）《牧羊少年奇幻之旅》的名句「當你真心渴望某樣東西時，整個宇宙

都會聯合起來幫助你完成」，或者在議會入口牆壁布置米爾頓（J. Milton）《失樂園》的斷言「我曾希望／當暴力停止，戰爭結束，／一切即將美好……／然而，我完全錯了，我發現／和平的破壞力不亞於戰爭」，很明顯它們也未必跟該室內環境和使用者的脾性「很搭」；但前者的帶激勵作用和後者的含警惕意味，仍然有它的貼切性和可玩味處，不失為合適的布置。

除了以上這一靜態的文學裝飾，在室內有限的空間還可以依便增加一些「點綴中的點綴」，也就是動態的文學裝飾。由於此一裝飾並非常態可比（只能視時視地依需而權宜行事），所以它最好是穿插在靜態的文學裝飾中進行，一方面給靜態的文學裝飾增添一點活潑氣息；二方面為自己取得相對獨立的新穎美感營造地位。而這首先是文學影像的蒐羅提供。在不刺激生產耗能的前提下，無妨代為收集現成的文學性影片，如詩性濃厚的《郵差》、《璀璨情詩》、《偷穿高跟鞋》及意象隱喻特多的《海上鋼琴師》、《春去春又來》、《亂世佳人》、《大國民》、《教父》、《遠離非洲》、《英倫情人》、《廣島之戀》、《去年在馬倫巴》、《黑色神駒》、《甜蜜的永遠》、《蘿拉快跑》、《潛水鐘與蝴蝶》、《爵士春秋》、《蜘蛛巢城》、《時時刻刻》、《夢》、《黑色追緝令》、《那山那人那狗》、《悲情城市》、《臥虎藏龍》和《天邊一朵雲》等；或者關係作家行止的紀錄片如《他們在島嶼寫作……文學大師系列影展》（共有《尋找背海的人》、《朝向一首詩的完成》、《化城再來人》、《兩地》、《逍遙遊》和《如霧起時》等六部），以供純欣賞或連帶引介專人導讀。

其次是最新文學講座的援引。這在公家單位（如文學館、美術館、文化中心和博物館等）或私人企業（如出版社、故事屋、報社、雜誌社、電視公司和文教基金會等）或學校比較有需求，文學

服務也得代為物色人選或自我上場，提供最新的文學信息，以便活絡相關靜態文學裝飾的觀感和激生可能的前瞻文學的創思等。正如羅丹（A. Rodin）所說的「美就是感覺活著」，文學美倘若也要讓人感覺是活潑潑的，那麼這一最新文學講座的援引就不可缺少，因為它在某種程度上一定可以把文學從「沉睡」中強力的喚醒過來（這裡所以不考慮一些泛泛或陳腐的文學講座，就是怕它使文學睡得更沉）。幸運的話，它還有可能引發聽者像查拉（T. Tzara）說的「我有一股既瘋狂又崇高的欲望，想要把美給宰了」那樣的反應，跟文學合成一體，再也死生不分離了。

再次是雅集歡會的節目安排。照理這在需求上會更為普遍而殷切，不論是家族的難得聚會，還是公私機關的定期讌集，或是學校的節慶同樂，都有待這類能夠提升品味的文學劇藝的參與。好比《紅樓夢》所記載的那些情節：

> 李紈道：「從此後我定於每月初二、十六這兩日開社，出題限韻都要依我。這其間你們有高興的，你們只管另擇日子補開，那怕一個月每天都開社，我只不管。只是到了初二、十六這兩日，是必往我那裡去。」

> 大家坐定，賈母先笑道：「咱們先吃兩杯，今日也行一令才有意思。」……鳳姐兒忙走至當地，笑道：「既行令，還叫鴛鴦姐姐來行更好。」眾人都知賈母所行之令必得鴛鴦提著，故聽了這話，都說「很是」。

> 李紈因笑向眾人道：「……昨兒老太太只叫做燈謎，回家和綺兒紋兒睡不著，我就編了兩個四書的，他兩個每人也編了

兩個。」眾人聽了，都笑道：「這倒該做的。先說了，我們猜猜。」

一時歇了戲，便有婆子帶了兩個門下常走的女先生兒進來，放兩張杌子在那一邊命他坐了，將弦子琵琶遞過去。賈母便問李、薛聽何書，他二人都回說：「不拘什麼都好。」賈母便問：「近來可有添些什麼新書？」那兩個女先兒回說道：「倒有一段新書，是殘唐五代的故事。」賈母問是何名，女先兒道：「叫做《鳳求鸞》。」

這分別透露了古代文人雅集或家族宴會時所流行的吟詩作對、行酒令、製作燈謎和說書等文學性的娛樂形態。今人生活侷促，未必有閒情逸志可以如此從容的賞玩文學，但基於調劑身心的不可或缺，試為重新召喚這類的雅興或愛好，還是有相當的必要性。此外，當今正在興起的「代人作傳」風氣（詳見前章第三節），也無妨予以擴展，引進室內動態裝飾（在室內訪談、錄音、討論和展示成果等），或許可以比古人更富風雅。而這些就得設法儲備相關的人力資源，能夠及時應景的提供所需的活動品目，讓文學的美感更為周洽或自然衍生。

　　有了上述多種動態裝飾的規模，文學服務在室內環境的美化上也算是策略窮盡了（其餘的如有可能，也是事屬枝節或不關緊要）。雖然整體上仍以靜態裝飾為主，但為了讓文學美感有更多元的來源和伸展方向，動態裝飾依然有較大的催化和晉升效果。因此，如何使動靜態裝飾搭配進行或動態裝飾單獨策略得宜，也就考驗著從事文學服務的人的能耐和毅力。

2.周遭環境的文學布置

　　出了室內，就都是外在環境。這也需要文學來美化，才能裡外一體，而讓我們的生活周遭因為隨處可見文學的踪跡而富華起來。因此，不論室外是屬於私人的庭院還是公共的遊憩地，它們有待文學服務來加以升級一事是不分軒輊的，縱使這裡面還會涉及繁簡布置和能否添加大型藝文集會等問題。而從整體環境的可被高察見度來說，室外空間的文學美化無疑是最大的決定項。

　　所謂室外空間的文學美化，在這裡以藝文館、公園和文教機構等佔地大且特別醒目的地方為優先考量對象，而把私人的庭院或其他較為零散的公私領地，當作可比照施作而不另擬服務策略。即使是這樣，我們仍會發現該藝文館、公園和文教機構等，幾乎都不重視周遭環境的文學美化，而徒然留給人「如此單薄」的遺憾！

　　以藝文館為例，藝文館包括美術館、文學館、文物陳列館和博物館等，這些地方的外圍環境原都可以經由文學布置而讓它們更有審美吸引力，但目前所見的卻剛好相反，除了少數雕刻藝術和造

美術館和博物館等如能加入文學美化會更顯氣派

型藝術品的擺設，就再也難得看到有文學的配合或單獨裝飾。當中比較特殊的是有些文學館（如鍾理和紀念館）會別為增設文學步道，但它已是公園的格局而非該館本身相應的布置，所以要另外看待。至於佔有空間特多的美術館，它理應率先表現出接納文學的容受力，卻始終排拒或不知道有文學相發的好處。我們知道，古來的藝術品（不論是否從實用轉成審美）都不乏文學的潤澤，如鼎有銘文、畫有題詩、陶瓷器或雕刻品有對聯、建築有楹聯、樂曲有填詞，甚至像杜甫看公孫大娘弟子舞劍和白居易聽琵琶女彈曲時也都有詩湧動，事後分別完成〈觀公孫大娘弟子舞劍器行〉和〈琵琶行〉等作品：

觀公孫大娘弟子舞劍器行　杜甫

昔有佳人公孫氏
一舞劍器動四方
觀者如山色沮喪
天地為之久低昂
霍如羿射九日落
矯如群弟驂龍翔
來如雷霆收震怒
罷如江海凝清光
絳唇珠袖兩寂寞
晚有弟子傳芬芳
……

琵琶行　白居易

......

大絃嘈嘈如急雨
小絃切切如私語
嘈嘈切切錯雜彈
大珠小珠落玉盤
間關鶯語花底滑
幽咽泉流水下灘
水泉冷澀絃凝絕
凝絕不通聲暫歇
別有幽愁暗恨生
此時無聲勝有聲
銀瓶乍破水漿迸
鐵騎突出刀槍鳴
曲終收撥當心畫
四絃一聲如裂帛

......

這些都是藝術和文學併會的好例子，為何現代的美術館卻全將文學摒阻於外？這種不理會文學的「孤僻」作風，不只會忽略有些好詩句如「雲破月來花弄影」、「紅杏枝頭春意鬧」、「春風又綠江南岸」、「天寒猶有傲霜枝」和「不用揚鞭自奮蹄」等可以用來敷景活物，還會因為部署單一而落入法朗士（F. A. France）所說的「我就像小溪一般地清澈且一目瞭然，而清澈則是因為缺乏深度所致」的自我淺易困境。再說要讓遊客融入美術館的氛圍，也得有更能吸

引他們膚受的東西。正如托爾斯泰（L. Tolstoy）所意喻的「戲劇最重要的是讓臺下的觀眾產生一種發現自己在臺上的錯覺」，而美術館周圍環境能加入文學的裝飾，無異是最好拉近他們心靈距離的憑藉。

實際上，有許多藝術品本身就是在表現或詮釋文學作品。像我國傳統的王振鵬〈伯牙鼓琴圖〉和袁尚統〈寒江獨釣圖〉，就是分別在表現俞伯牙為知音鍾子期彈琴的故事和柳宗元絕句〈江雪〉的詩意；而西方早期如哈格珊多羅斯（Hagesandros）、波呂德羅斯（Polydoros）、阿泰諾德羅斯（Athenodoros）〈勞孔群像〉和米開朗基羅（Michelangelo）〈大衛雕像〉，則是分別在詮釋荷馬（Homer）史詩《伊利亞特》中特洛伊城祭司勞孔父子遭女神雅典娜發動海蛇纏絞的片段情節和《舊約・聖經》中大衛出戰巨人哥利亞前的心理狀態。這些都引發過無數人的耽戀和憑弔，而美術館不願再讓文學介入，可有更好的替代物？顯然是沒有！這就會導致美術館在營造美感上的孤立化（無法跟具豐富審美特徵的文學相通），終究不利它的發展。

再以公園為例，除了少數公園化的文學步道，其餘的公園幾乎都不見文學的參與。它是使用率最高的公共空間（部分私設的，只要對外開放，就形同公共空間），卻是這般跟文學無緣，不免令人深感惋惜。其實，公園的設計者和管理者也不是不知道布置環境，只是那都是禁制標語和指示標誌，完全不懂得用文學作品來取代或搭配文學予以美化；更何況還有廣大的空間可以讓文學颺美致奇，以及特殊的建物和植被能夠給文學讚嘆競炫，怎好就這樣「乾扁」或「偏妍」的苟存下去？即使是文學步道的發動者終於了解文學的不可或缺，但那種乏效的布置方式（詳見前章第一節），以及多將文學作品陳列在偏遠地區或人跡罕至的鄉鎮角落（如高雄美濃鍾理和紀念館前文學步道、臺南鹽水田寮臺灣詩路、新竹尖石那羅溪文

公園的文學美化有待開啟　1｜2

既有文學步道的設置都嫌
偏遠和不夠講究

學林、花蓮太魯閣砂卡礑文學步道和臺東都蘭山文學步道等），仍然引發不了期待中的文學風氣。尤其是後者，讓我在全省巡禮一遍後（當時在途中或搭車或騎單車或徒步），頗多感慨，而有一首詩略誌此事：

文學在寂寞步道中沉吟

一顆心逃離鐵皮屋的捕捉後
發現文學躲在沒有人煙的地方偷偷發芽
笠山的主人讓館藏完成他人生的歷程
屋外還有亟想喧嘩其他餘緒的文采
每個喊聲都抱來一尊石雕
面向你拱出兩株青蔥昂首發願一定要萬古流芳

歸還鐵馬告別美濃慰勞的板條
輾轉給客運車整個捧去尋覓一條臺灣詩路
它隱藏的樣子很長條
上面的波浪擠出一次就有一名詩人裸身翻湧
遊客不來他們自己逐風跳擲
嚇得旁邊的荷田越長越加驚惶
驟雨趕場連字句都跟著飄浮煙濛起來

路在嘴巴上結繭
找到八卦盤桓中作家的名字
他們從邊坡走上去很艱辛
一張歷史年表泛著時代的蒼涼

無奈銅鑄還要代它保守墨綠的溫度
容你覿面後給個復活承諾
我赳趄的姿態鐵定錯過了一場忘年的歡會
來這裡只能撿拾半片的風景

烏日拓荒的故事渺杳了
圓牆環繞的公園角落有文學單薄在圍堵
它們稀釋過陽光又自行瀰漫
眼前那條被多角解除記憶的小溪
暴雨過後就不準備再清晰一次
我的徒步要放逐剛許的眷戀

楓橋夜泊向隅引著張繼的筆墨進駐
文化中心厚了古人有點錯愕
趑過去國美館的碑林在艷陽中痴立
字寫活了名家想說什麼請你猜測
文學到了都會區一樣蕭索

那羅的群石嵌了政治人的花名
大水沖走舊鈍的又來一批灰黑的新尖
特小號的文學林仰頭看天
溪在旁邊嘮叨陪伴
走累的山在你停頓陡峭以前不必催促
它們早就吶喊過了
越界的閒雜人等會得到一份黃昏的同情

就像自由廣場的外遇
詩擁有一座公園
名字小松江
企業主贊助給的家窄窄的
他們忘了過問誰來消費
大理石板決定再一次沉默
讓躺在地上的詩人去挪開遊客的腳印
晨間跳扇子舞的老太太突然驚叫
她踩到了一句詩

砂卡礑跟勇士的名深入
一道溪流從裡面低調的走出來
看住少許各地竄動的姓名
文詞不能對你微笑美感
它們委屈了十幾年還在企圖擺渡
多一分逼迫就會少一分氣勢

詩人都被驅趕爬升都蘭山
不為誰的祖靈只因綠島橫在眼前
一塊平臺有他們遷延點逗的字
藉著風呼喚海詩魂卻頹唐了
沒人來探訪太久大家密謀要集體瀆職
背後那座觀景臺滲不出幾條慰語
閉關人借住十天禁食想跟她的神商討
離去時胸懷注滿真氣
詩仍然蒙在霧靄裡岑寂

雖然文學走入都會區未必就不會寂寞，但那總是有較高的能見度和眾多審美心靈的品味喝采，遠比靜靜躺在杳無人煙的地方要有「存在價值」。因此，把建設文學步道的心意引入更多人遊逛的公園（方式可以再作調整），還會是未來得急切開啟落實的要務。只有這樣盼望，我們才能想像在加入文字美感的躍動後「別有另一番生機」。

又以文教機構為例，這裡的文教機構，涵蓋文化中心、創意文化園區和學校等，它們原最有可能結合文學在孕育文化的種子，只不過滿遺憾的有關外在環境的美化迄今還是少有可稱道的表現。當中文化中心和學校這些常設機構，應該有比較多人在整體環境的文學裝飾上費心，讓它們裡外一致的顯現出精緻的文化氣息，但普遍卻都出缺了。至於新興的創意文化園區（廣義的包括鐵道藝術村和糖廠藝術村等），多半改建自舊公家生財單位，如將臺灣菸酒公司減資繳回國家的臺北、臺中、嘉義、花蓮等酒廠舊址及臺南倉庫群等閒置空間，一致規劃為創意文化園區（至於鐵道藝術村和糖廠藝術村等，則是改建自舊火車站和轉型或停止營業的舊糖廠等），本來也得寄望它們在成為推動文化創意產業發展的平臺後，能夠多注意周遭環境的文學元素添加（雖然它背後的企業意圖文學服務無法認同），讓它們的「老舊面貌」要翻新未盡全新的房舍看起來有一點強韌生命力，但放眼瞧去卻又很教人失望，因為那裡廣告、塗鴉、舞臺和裝飾藝術等都有了，就是獨獨少了文學的身影，馴致「創意文化」的口號頗為有名無實。

可見本可以樹立文學布置典範的藝文館、公園和文教機構等，結果卻是這麼不堪聞問，也真該大為慨嘆！因此，從頭來過，試為改變現有的格局，也就有時代審美推衍的意義。而這時則有配合裝飾、專區裝飾和引導裝飾等多種靜態的文學布置方式可以考慮。所謂配合裝飾，是針對上述藝文館、公園和文教機構等已有其他藝術

文化創意園區少了文學布置就不合再以創意自居

品的陳列而設想的。它不喧賓奪主,卻也不必沒有自己的主體性;
約略可以跟該藝術品共構一個「互證」或「互釋」或「互補」或
「互斥」的關係場景。而專區裝飾,則是尋隙選定空間,專為自己
的存活而取得跟藝文館、公園和文教機構等一個對話的機會。它沒
有其他藝術品錯雜,也能單獨為所在環境增價,不妨額外重視。至
於引導裝飾,乃是為了藝文館、公園和文教機構等常因佔地廣和質
性不明而缺少「主題引導」,這時加入有機的文學布置而讓它可以
快速的貼近人心,很明顯是個上策。此外,倘若還要擬比室內動態
的文學裝飾,那麼它就可以視需要舉辦現場集體創作、詩隊伍表
演,歌舞劇和行動劇等大型活動,並擇優獎勵展示或錄影以供往後
來賓觀摩仿效,這就不言可喻了。

3.手工藝品／食品結合文學的開發

當我們還有閒情賞玩一些佩飾偶物和享用儲備轉製的零嘴點
心時,另一種可期待的附加價值也得跟著湧現,心裡才會覺得溢美
踏實。而這也就是文學服務的推廣,給出一個手工藝品／食品結合
文學的開發方案,讓大家眼見飽飫都有文學美感從中激情暢悅。因

此，在擬議室內外環境的文學服務策略後，無妨再向這個區塊致思，以便有志一同的可以據為「新一波行動」的參考指南。

在此地，所謂的手工藝品，是指編織、刺繡、藤編、童玩、卡片、陶瓷杯、吊飾、杯墊和T恤燙印等純手工製作的實用性的藝術品；而所謂的食品，是指茶葉、酒、餅乾、米果、飲品、糖果、巧克力、糕點、蜜餞、堅果、魚乾、蝦米和滋補液等休閒食用的產品，它們可以搭配短詩、聯語、短文、極短篇小說、戲劇對白、笑話和謎語等（後二者的文學性雖然不高，但考慮到手工藝品／食品往往有為求博君一笑的效果，所以不妨斟酌採用看看），而方便給人的閒賞生活帶來實用／食用以外的樂趣。這在古代，為了增加審美價值，而會以文學作品來相附益的，則常見於瓷器、摺扇、油傘、筆架、硯臺、微雕、印章、屏風、畫屏、毛筆和招幌等，但如今卻幾乎都自我減去或逃離美感，而只剩為促銷所刻鑄模印的品名、成分和使用方法等（像皇樓所製喜餅會加上〈濃韻〉「天香夜染衣，國色朝酣酒」之類的，已屬罕見），殊為可惜！

我們可以設想，在明信片上加印《教父》影片的對白「千萬不要恨你的敵人，這會影響你的判斷力」；在巧克力包裝上安插

食品包裝可以增加詩文美化

手工藝品尤須有文學作品陪襯予以高華

「電影明星寇克・道格拉斯碰到心情極為沮喪失望的時候，就對著鏡子說『寇克，你真了不起』」的傳聞；在陶瓷杯上鑲著休斯（T. Hughes）的短詩「總有／一些旅行／滯留在夢中」；在一些有添增空間的吊飾上綴入「甘迺迪總統曾經被問到他是如何成為一位戰爭英雄。他的回答是：『這很簡單，有人擊沉了我的船。』」的小故事；在杯墊上嵌進彌爾（J. S. Mill）「當一個不滿足的蘇格拉底，好過當一隻滿足的豬」的詩喻和在T恤上燙印帕克（L. S. Park）《碎瓷片》的名句「一陣風吹來，關上一扇門的同時，通常也會吹開另一扇門」等，看整體的效果會不會迥異於未經裝飾前的樣子（這只是舉例，實際採用時還會涉及版權的問題），答案應是肯定的。也就是說，有了這些文學作品參與裝飾，手工藝品／食品開始會起美感昇華的作用，而帶給接觸它們的人一種額外的欣遇和趣味。

特別是在一些茶、酒和乾果（緣於生產過剩而加工製成的）等包裝上，古來已有許多相關詠讚的詩作，可以引來相互呼應美化；同時也讓那些詩作有機會再「活一遍」（作品只要曝光被解讀領受一次，它就會彷彿重生一次），對於文學的淑世理想總是有啟蒙促進功能。如：

試院煎茶　蘇軾

……
且學公家作茗飲
磚爐石銚行相隨
不用撐腸拄腹文字五千卷
但願一甌常及睡足日高時

飲中八仙歌之一　杜甫

李白斗酒詩百篇
長安市上酒家眠
天子呼來不上船
自稱臣是酒中仙

涼州詞　王翰

葡萄美酒夜光杯
欲飲琵琶馬上催
醉臥沙場君莫笑
古來征戰幾人回

四月十一日初食荔枝　蘇軾

海山仙人絳羅襦
紅紗中單白至膚

不須更待妃子笑

風骨自是傾城姝

絕句 陸游

夢中何許得嘉賓

對影胡床岸幅巾

石鼎烹茶火煨栗

主人坦率客情真

這些詩作，或普稱茶和酒特效（可以飲後睡到太陽高照和作詩百首），或婉喻果釀解愁（如葡萄酒能為征夫療傷），或盛贊鮮果妍甜（如吃荔枝好似驚遇曠世美人），或嘉許栗香誘人（食糖炒栗子能使主客盡歡），倘若能取來標注相關包裝（糖炒栗子固然得熱吃而不會有密封包裝，但它所用盛裝的紙袋仍舊可以比照添加），那麼它們所催生的附加價值一定可以高估。同樣的，基於實際裝飾的需求而重新創作有關的作品，在提升食品消費的位階上也會有類似的效果。

既然手工藝品／食品多有可以取則於前例，而實質上也不乏今人能夠轉加審美的殷切期待（比如我們在凝視那些手工藝品或品嚐那些食品時，無不希望它們能給人分外的驚喜或孳生耽美享受），那麼重新出發將它們結合文學而來一博市場的跳級品味，也就成了一件刻不容緩的事。而這則有幾種相環衛的對策可以採用：首先是為審美而不為促銷。所有的手工藝品／食品都是產業化的（即使是有些純手工製作的產品，也因為相似性複製而成為經濟鏈的一環），它們的榮衰自有能趨疲法則在背後「監管」而得相機自

我節制，文學服務只須為已經存在產品的美化負責（前兩節所說室內外環境的文學裝飾仿此）；反過來，當它們消失或無以為繼了，文學自然也不必再費力去喚醒或挽救什麼（試想鄭愁予受邀為2006年金門坑道藝術節撰寫而題在砲彈型高粱酒瓶上的詩〈八二三響禮砲〉，大概也只能為產品的美感加值，而無法保證產品一定會暢銷熱賣）。這並不表示文學可以完全脫離產品的質性而獨立或自標一格，而是說文學如果庸俗化到純為產品「打廣告」的地步，那麼有沒有它也就無關緊要；但現在我們所要的卻是文學介入後帶動起高層次的審美感應，而這不論該產品的經濟價值或消費狀況。換句話說，文學服務所得堅守「不為企業幫兇」的原則（以防能趨疲危機的深化），在手工藝品／食品結合文學的開發上依然不能退卻；否則這項工作就得停止，而讓該產品回到原點。而這或許會增加溝通說服上的困難度，但不這麼做就形同自廢武功，從此再也難以取信於人。

其次是強調文學性而有別於廣告文案。連著上面所敘文學服務的相對自主性，得再進一步為文學裝飾和常見的廣告文案作點區隔，以確保這是道地的文學服務（而不是其他或混似）。而這則以「文學性」為強調重點，也就是要有意象或事件來成就該作品，而不為泛泛的口白或說理規條。後者是廣告文案最常出現的，如「一天一蘋果，醫生遠離我」（蘋果）、「滴滴香濃，意猶未盡」（麥斯威爾咖啡）、「口渴時的最佳夥伴」（可口可樂）、「只溶你口，不溶你手」（M&M巧克力）和「鑽石恆久遠，一顆永流傳」（鑽戒）等，這些不是淺白到近俗，就是在規訓觀眾的味蕾，跟文學擅用比喻／象徵技藝而走上反熟悉化的道路很不相侔。這全緣於廣告文案的目的，乃是在推銷產品，必須意向直陳而冀能打動人心，所以不適合「拐彎抹角」或「太費思議」（否則就會因

為摸不著頭緒而喪失該文案的作用）。但文學的情況卻相反：它的意象化，正如龐德（E. Pond）所說的，它在被領會時「意象在任何情況下都不只是一個思想，它是一團或一堆相交融的思想，具有活力」；而它的事件化，也正如米勒（J. H. Miller）所說的，它在被接受時「讀者會將他自己從緊密環繞自己的充滿現實生活的各種責任的世界中分離出來。在書頁上的黑色記號或在電視螢幕上的形象的幫助下，讀者或觀眾逐漸沉浸到一個想像的世界中，這個世界和現實世界的聯繫或多或少更間接」。因此，文學作品和廣告文案終究要分開看待，不但難以強迫廣告文案轉折，也不易任使文學作品屈就，它們都有自己要達成的任務。換句話說，文學裝飾守住它的文學性，自然能夠給產品製造超常的美感；而產品就以擁有這一審美特性而出奇致勝，終致讓消費者留下深刻的印象（至於廣告文案的功能，則只到產品被消費為止；這時它退出所遺留的空檔，就可以由文學作品來接替，彼此又在這裡「分工合作」了起來）。

再次是跟產品的相應性仍採多角度觀點。這如前節所指出的，有互證、互釋、互補和互斥等多種模式。所謂互證，是指文學裝飾和產品相互證成；而所謂互釋，是指文學裝飾和產品相互解釋；而所謂互補，是指文學裝飾和產品相互補充；而所謂互斥，是指文學裝飾和產品相互排斥。當中互證、互釋和互補等都不難意會，只有互斥比較不好理解，必須稍作說明。雖然從語意上已經看出互斥模式會讓文學裝飾和產品徹底分離，但這僅僅是表面現象，實際上它是為了製造一種「反常合道」的特殊效果。也就是說，有的產品需要「與眾不同」的文學裝飾，而互斥模式的採用就可以「如其所願」。至於「反常」所要「合道」的，依古今中外所能取則的，約有道家式的、禪宗式的和後現代式的。如《莊子》書裡記載的：

惠子謂莊子曰：「吾有大樹，人謂之樗。其大本臃腫而不中繩墨，其小枝卷曲而不中規矩，立之塗，匠者不顧。今子之言，大而無用，眾所同去也。」莊子曰：「……今子有大樹，患其無用，何不樹之於無何有之鄉，廣莫之野，彷徨乎無為其側，逍遙乎寢臥其下。不夭斤斧，物無害者，無所可用，安所困苦哉！」

這是道家式的，它以為求逍遙自適而將心思寄託於烏有鄉土或廣漠荒野，不跟世人一般營營苟苟，正是違反常情而吻合一種可企求的「無為之道」。又如《五燈會元》禪籍中收錄的：

（丹霞）後於慧林寺遇天大寒，取木佛燒火向。院主訶曰：「何得燒我木佛？」師以杖子撥灰曰：「吾燒取舍利。」主曰：「木佛何有舍利？」師曰：「既無舍利，更取兩尊燒。」

這是禪宗式的，它以為求逆緣起解脫而不為木佛不能燒的執著所困（類似的還有「背佛而坐」和「向佛而唾」的故事），不像常人那樣百般尊奉佛像，正是違反常理而契合棄捨偶像才能進趨昇轉的「超脫之道」。又如我一首見證一場學術研討會的詩：

客來

一陣風飄東盪西
旋進慵懶的島
裡面有雞腿和排骨
還有一道遲遲沒出場的德國豬腳

當它吹熟了曉夢和午後對望的心情

我們帶著一顆鑲金的乒乓球

彈跳古今沉睡的靈魂

徐渭不必再自殺了

屈原也可以放心的去終結問天

泰雅族的射日神話已經上場

網路裡的文學美女正在發明最新的量詞

項羽和劉邦都不是繆思的的對手

明天戴震準備撰寫文學電影的論文

最後一篇教材就留給有慧眼的人去傷心

我們還要回家尋找彩虹

咀嚼今天忘了放進去的一條湛藍的海岸

這是後現代式的，它以為求思想開放而透過諧擬前現代的同類型詩作（有特定旨意且首尾一貫，如杜甫的〈客至〉詩「舍南舍北皆春水，但見群鷗日日來。花徑不曾緣客掃，蓬門今始為君開。盤飧市遠無兼味，尊酒家貧只舊醅。肯與鄰翁相對飲，隔籬呼取盡餘杯」）來覷見一斑，不隨現存所有模象或造象的單一觀念作法，正是違反常慮而扣合以解構為創新的「語言遊戲之道」。顯然文學裝飾方式所能被期待的，實在是不盡「摟指數」；只要產品有需要或僱主有索求，都可以援例派上用場。而這「跟產品的相應性仍採多角度觀點」的策略一旦確立，前面的「強調文學性而有別於廣告文案」和「為審美而不為促銷」兩項也就一併收攝過來，彼此相環衛而為一體的三面。

4.文學沙龍的營造

　　文學服務到某種程度，一個更恆久性且更有功效的動態機能，也會被承諾或自我催逼出來，那就是文學沙龍（salon）的營造。文學沙龍原是文人聯誼會的稱呼，不必有一定的績效，但在這裡則要別為賦予它兼具轉美化人心和環境的作用。也就是說，文學沙龍得讓它肩負起促進文學淑世的責任，才有存在的高價性可說。而這就是文學服務在行動的過程中，所得同時思考和勉為部署的。

　　從中外歷史來看，文人都是最顯眼的族群和階層。他們縱是不能像政治人物那樣發號施令或像沙場老將那般叱吒風雲，但他們擁有一支健筆和恢宏氣度，卻永遠可以創新和引發思潮而留予人無盡的遐思。正如我國晉代王羲之等一群文人高會於蘭亭，在曲水流觴中賦詩談笑，而總結於一篇〈蘭亭集序〉，流風相傳迄今，不知羨煞多少庸碌不名的人士。又如魏施德（W. Weischedel）《通往哲學的後門階梯──三十四位哲學大師的生活與思想》所轉述西方近代一些耽於哲思的文人聚會的情況：

> 康德每天下午都到格林那兒，看到格林坐在靠背椅上睡覺，於是便坐在他身旁，陷入沉思之中，然後也跟著睡著了。爾後銀行的主管魯夫曼來了，也跟著做同樣的事，直到馬諾拜在一個固定的時間進入這個房間，將這些人一一喚醒，然後一起聊些最有趣的話題，直到七點才分手離去。這場聚會總是在七點準時結束，以至於我總是聽到街上的居民說：應該還不到七點吧！因為康德教授好像還沒經過這兒。

在這裡面雖然只有康德一人是哲學家（他也有能力創作詩文），但

其他人也不全然是哲學的門外漢，以至相濡以沫的聚在一起，就有名士的風範，而始終讓人津津樂道。由此可知，文人可以關起門來寫作或長時間自絕於俗流，但說到作品要獲得認同和流通機會，那就不能不先經過同儕的相聚賞識和推薦，於是一個特殊文人社群就形成了。

按照埃斯卡皮（R. Escarpit）《文學社會學》的講法，社會中「掌有最明確文學性質的社群，就是文化團體……這就是我們所稱的『文人圈』，它聚集了絕大多數的作家們，而且也吸收了從作家到大學文史研究員，從出版商到文學批評家等文學活動所有的參與人士。這些『搞』文學的人全都是文人，因而它的文學活動又是在一個內部封閉的交流圈中流轉運作」。文學沙龍的存在，就是為了保障這一文人圈的不被剝奪或自我渙散。雖然這個文人圈還會因為利益糾葛或質性差異而再劃分為許多小圈，但基本上它們都是緣於共同文學嗜好而結合的，彼此熱中文學審美及其推廣的理想性並無區別；而文學沙龍就正好滿足大家的需求，使得一種高格的雅集不斷散發出迷人的風采。

換個立場思考，文人未必是有興趣恆久跟同批人聚集的，他們會隨著識見成長而選擇夥伴，也會屈服於報酬遞減率而喜新厭舊。前者（指文人會隨著識見成長而選擇夥伴），可以從謝靈運所說的「天下才共一石，曹子建獨得八斗，我得一斗，自古及今同用一斗」，來想像他所會結交的對象不可能是泛泛俗輩；而此中的自誇所影響或感染他人的，如金聖嘆的豪語「自古至今，只我一人是大材」和劉文典的狂言「全世界真正懂《莊子》的人，總共兩個半。一個是莊子本人；一個是我；其餘半個是所有研究《莊子》的學者」以及魯實先的絕論「古今懂《史記》的人只有三個，一個是司馬遷自己；一個是我；一個還沒有出生」等，也早已成了大家茶餘

文學沙龍適合營造於民宿和咖啡店等

飯後不可或缺的談助。尤其是跟劉文典瞧不起寫白話小說的沈從文有關的一段軼事堪稱經典，始終讓人百提不厭。據汪修榮《民國風流》的引述：

> 在西南聯大時……日本飛機經常到昆明轟炸，師生看到五華山上紅球升起，便放下手中的活，開始跑警報……一次劉文典看到沈從文夾在人流中跑警報，很是不屑地說：「我跑是為了保存國粹，學生跑是為了保留下一代的希望，可是該死的，你幹什麼跑啊！」

試想這樣自視高人一等的人，是不可能不去同等才華或相似氣性的朋輩中尋找或釋放溫暖的。這樣文學沙龍就會由於大家「各據一方」，開始摻雜意氣而多了一些較勁成分。這未必是壞事，因為有相異的理念或癖好才會激發出更可觀的創作能量；只不過文學服務所要營造的文學沙龍無法把這類變數計慮進去，它畢竟是要比較中性的提供一個半開放空間讓文人來競相顯能，而將其餘的附屬價值歸給參與者去創造或轉出。至於後者（指文人會屈服於報酬遞減率

而喜新厭舊），縱使無從指實，但也不難想像它的可能性。好比楚戈《咖啡館裡的流浪民族》所敘及的：

> 那時文藝界及大學生聚集的咖啡屋以「田園」較早，但「明星」最有名也最久……明星不但成了臺北文藝界聊天、集會的中心，也成了全臺灣文藝界的匯聚之地。南部北上的文藝界朋友，也多半會約在明星見面。久而久之，文藝界的人，就彼此熟識。不認識的人，也會主動要求其中熟識的人介紹，大家都水乳交融混然一體。為理念吵架，也不會傷和氣。

這沒有說出來的，是那些來來去去的文人，應該不到幾個會堅持初衷一直「與會到底」；以至厭煩常熟或耐不住他人怪異脾性的，姑且就「聽任其便」了。雖然如此，有了文學沙龍在那邊「默默煥光」或「潛在鳴聲」而吸引大家前去，還是好的，至少文人不會孤獨寂寞的困守書房，或者因為缺乏交流聞見而短少文章活潑的氣息。

　　此外，文學沙龍的存在，還有更加深沈的原因，就是年華易逝而文命有限，總得有地方讓文人來共鳴抒發感慨（不然可能有很多人會悶出病來）。就如羅伊（R. M. Roy）詩所說的「想想看，你死後將有多麼可怕，／別人繼續說話，你卻無法反駁」，以及愛因斯坦（A. Einstein）被人問及什麼是死亡所回答的「那就是再也聽不到莫札特的曲子」那樣，文人的死亡焦慮和寫作難以持續的恐懼等，似乎只有透過跟友朋的相互撫慰，才能暫時遺忘或轉生另一種豁達通變的積極力量。而這藉由文學沙龍的中介，文人的聚議期待會更為殷切，相關的產值或許也會跟著提升。

在這種情況下，文學沙龍的規劃就得有點巧思，以便因應文人的「不時之需」和發揮更多的「文學益世」功能（後者是說當文人有機會在文學沙龍逞才氣或製造逸聞趣事，它所會感染他人而分享美感的機率自然增加，風氣理當就淳善可人了）。而這首先是地點最適宜選定在沒有時間限制（指不午休之類）的複合式餐飲店或咖啡廳或茶藝館。這些地方可以保留一小空間而採預約方式，以確保不受干擾或影響他人用餐。其次是空間布置以能刺激文人談片和創作的為主。這多半可以考慮擺設一些小巧玲瓏的藝術品、漫畫、劇照和前人的文學作品，而再隨機播放一些輕柔的抒情樂，然後就讓文人自由的「穿梭悠遊」和「俯仰吟詠」。再次是預留文人題簽的固定空間和活動空間，以及取得授權而將文學作品試為結集出版流傳。這依楚戈《咖啡館裡的流浪民族》的記載和發想：

> 「作家咖啡屋」經營了兩年……它的特色是常有詩展，牆上的毛筆字新詩常更換……這時代「咖啡館裡的流浪民族」必然的一定存在過不少趣事。如果某位小說家有心的話，可以向仍然健在的當年好漢口中，發掘不少資料。比如為某一文學，或藝術理念而吵架的事件；為年輕女孩較勁事件……開座談會的內容，另一種「江湖」事件。紀錄出來，可作為一個特殊時代的見證。

可見曾經有人這樣做過了，只是很遺憾的沒有留下任何痕跡。而這在往後文學沙龍的營造中，勢必得仔細策劃盤算，免得力氣花了卻不見迴響。特別是善後的成果展示這一部分，它可以在店內陳放，長久跟營業「一起成長」，而使人感動留戀，也讓文學沙龍的規模日漸典範絢美化。

5.其他行業的動靜態文學美化

　　將「室內靜態和動態的文學裝飾」、「周遭環境的文學布置」、「手工藝品／食品結合文學的開發」和「文學沙龍的營造」等納入文學服務策略的範圍後，大體上這已是相當廣涵且慮度周詳了，從事文學服務的人據此應該都能知所著手處及其開展方向，而讓文學服務在基本面上看起來有滿滿的企圖心和實踐動能。換句話說，文學服務的開啟和伸展，正要有這些策略在背後指引著，它們的意示明確，彷彿早已有人經歷過了，後起者不虞沒有範例可以遵循仿效。

　　縱是如此，前面在談室內外環境動靜態文學裝飾時少提及的一些地方，如軍營、警局、監獄、體育場、醫院、市場（包括超市、購物中心、百貨公司、電玩店和電影院等）和殯儀館等，從「一體需求」或「一體適用」的角度看，也無不可一併加以文學美化。雖然我們想像得到進入這些場所的人會比較沒有心思或閒情逸志欣賞文學作品，但只要布列出來了，大家多少還是會有所感發。就以殯儀館為例，如果選擇在照壁的地方題上古詩十九首之一〈生年不滿百〉「生年不滿百，常懷千歲憂。晝短苦夜長，何不秉燭遊？為樂當及時，何能待來茲？愚者愛惜費，但為後世嗤。仙人王子喬，難可與等期」，那麼來這裡參加葬禮的人看到了，豈不是會增多一次「省思生命」的機會？還有倘若再利用其他空間（如現成圍牆或圍圈另加碑碣）布置陳子昂的〈登幽州臺歌〉「前不見古人，後不見來者。念天地之悠悠，獨愴然而涕下」和朱敦儒的〈西江月〉「世事短如春夢，人情薄似秋雲。何須計較苦勞心？萬事原來有命。幸遇三杯酒美，況逢一朵花新。片時歡笑且相親，明日陰晴未定」等詩詞，那麼殯儀館所給人的恐怖感覺不就會被它們的「代為說

出沈哀」而稍微淡化或轉移了？後者，甚至可以斟酌讓雪萊（P. B. Shelley）哀悼濟慈（J. Keats）的詩上場：

哀悼濟慈　雪萊

安靜！安靜！他沒有死，也沒有睡，
他只是從人生的噩夢之中一朝覺醒；

⋯⋯

他已飛翔在我們黑夜的陰影外邊；
嫉妒和誹謗和憎恨和痛苦，
被人們誤解為歡樂的不安，
再也不能夠觸動他，給他帶來磨難；
人世間慢性污染的病毒他已倖免，
他已經可以不再為了一顆心的冷卻，
一頭青絲的變白而徒勞無益興嘆；
也不必在心靈的自我已停止燃燒時
用了無星火的灰燼去填無人惋惜的瓦罐。

這以濟慈死亡的寧靜對比一般人生的喧囂，當中對死亡有美好的想像，也讓人對死亡有另一種看法，不啻可以為還在因親友離去而不捨的人抹去心中的憂傷。而這在特別為它「量身訂作」新撰布置的也相仿，都有助於大家面對生命可能的意外時，從中體會更多或感悟更深。

依此類推，還有某些「移動的空間」如運輸業、旅遊業、資訊

公車火車內部空間很需要多文學布置來美化

業和娛樂業等,尚未計入的,也可以比照上述的方式,而許以一個「其他行業的動靜態文學美化」的連同策略,而讓文學服務更為普及化。這本沒有太多成分能夠區別於前幾節文學服務的範式,但因為在作法上簡繁和取捨有點不同,所以還是暫時把它們分開來。

由於運輸業、旅遊業、資訊業和娛樂業等都不在固定的地方運作(如運輸業見於飛機、輪船、火車和汽車等;旅遊業見於交通、領隊或導遊和網路資訊等;資訊業見於廣播、電影、電視和網站等;娛樂業見於演唱會、簽唱會和晚會等),所以必須針對它們空間的流動性質作設計。而這約略有配合影像和配合移動場域等兩種情況。

在配合影像部分(這也是依已經俱在的而增衍,不別為新設,以免犯了耗能的禁忌),不論是實際覿面的具體人物,還是放映的人物攝像,或是網路的虛擬人物,一旦有影像出現的地方,就讓他/它們跟文學共構(共構的方式仍然是互證/互釋/互補/互斥那些),而顯得身價不凡或質地出眾。好比旅遊業中的領隊或導遊角色,他們的「影像」曝光率特高且久,不妨多具備一點文學素養,以便帶團或全陪/地陪中有超水準的演出(而不僅僅是應景切題的

機場捷運站如能增加文學布置定能更見氣質

講個典故笑話或吟一兩句古詩罷了）。而這文學服務就可以為他們製作相關的「文學手冊」和「影音光碟」：前者供他們取則口誦講解；後者讓他們播放調劑節目。如果有機會，還可以跟團員互動而合演一齣齣的短劇，勢必會讓團員覺得「值回票價」而終身難忘。這麼一來，大概就不致發生像我參加旅行團去中國大陸江南旅遊五天所生的這類感觸了：

江南行

寒澹還在秋末的樹梢醞釀
夥伴的邀約就給了一次鳳凰的高燾
浦東的迎賓很驚炫
綠地隱入水泥叢林走失了去向
南浦大橋上那個誤點背後有一隻顫抖的手
它把半黑暗帝國喚醒
命令快速安裝翅膀學人沈重的飛翔

旅程直驅周庄
有水鄉卻少了澤國
搖櫓的女郎只知道用歌聲索價
雙橋人上影幢幢
都聽膩了沈廳張廳迷樓塵封的故事
正在尋找失落的自己
保住一家人頸項的萬三蹄
原來是煨不熟的客商的鄉愁
嚼入腸道油在心裡

天蠶絲綢點綴的蘇州園林
楊柳已經蒼黃池畔
殘荷敢情也戲弄過了仲夏的雨聲
獨自遺漏於地陪的錦囊內
她總在痴想紅樓夢裡的才子佳人詩心要有絕處棲息
就輕許拙政園的主人出借一個模本
卻忘了那三里半的省親別墅只為見證貴族的沒落
然後人潮把大家趕往古運河
乘船去寒山寺慰問一曲楓橋夜泊
張繼站在碑林靠分身敲鐘結紅絲帶賺門票
出來蘇州博物館配忠王府又有新的賣點
貝聿銘的名字紅上了那一堵堵的白牆

夜宿杭州跟張藝謀的印象西湖相遇
白蛇傳在冷風中從水面浮出
想像都被聲光科技震撼劫掠而去

回程瞥見岳王廟寂寥的矗立在邊坡昏濛中
晨起包船遊出雙堤淡淡的秋景
遠眺雷峰新塔消磨蘇東坡的飲湖上初晴後雨
在三潭印月島逛一趟折返
雜遝的人聲早已叮去詢問林逋幽居的心思
他的梅妻鶴子還沒有從記憶中出走
最後在西溪濕地留下一片惘然
那裡的紅柿永遠解不了對古老人間勝境的懷想

重回上海進入時光隧道
誤闖灰色的一角遇到半套的紓解疲勞
恍惚中豫園的奇秀在隔天透光
那兩棵伸出龍爪的槐樹連結到了一名刺客的犧牲
史家總是可以為他聯想最佳的結局
纏來繞去的商城終於搞丟一座城隍廟
嘴裡饞著美食兩眼找不到地方用力逡巡
夜晚再去田子坊迷路
想起剛來就錯過了百年的十里洋場
ERA時空旅行的表演填不滿裡頭悠悠的牽念
在東方明珠塔上又駭怕踩空
坐著巨輪穿梭黃浦江一邊黯然外灘一邊耳語新埠
歷史到了腳下無心萬種風情

失眠在最後一夜突然解放
半天的自由行從地鐵鑽出頹喪在世紀公園門口
去世博沙特館聊表晚到的心意

旁邊還有尼泊爾小號的遺留
它應該習慣了隔鄰中國館那龐然大物的欺凌
傍晚享受完哈瓦那酒店頂樓那杯超值的問卷咖啡
讓磁浮列車載走江南零售的記憶
遊興要安然的返航
別了仍在窺伺海上一條地瓜的那隻金雞母

當時領隊和導遊（有全陪和地陪）已經算頗盡職了，全程很少有讓團員不滿抱怨的地方，但總感覺我們的旅遊業還有待再升級，才有辦法在「坐車比什麼都長」的過程中給團員留下深刻和美好的印象（即使帶的團是一些目不識丁的老人家，也可以就他們所能意會的範圍，或繞口令或猜謎語或唱民謠，甚至請他們即興表演，文學饗宴的效果相似）。

在配合移動場域部分（這同樣是就已經存有的而添加，不鼓勵額外新增，以便可以自我圓說），這主要是指運輸業，它所用工具的內部陳設雖然跟其他室內空間沒有兩樣，但它的運輸路線卻是不斷在相異的場域游走，倘若文學服務要給乘客有「移動」變化的感受，就得設法在相關的裝飾上顯出這種特性來。而這大致上可以用短製搭配圖像（如各地名勝風景照之類），裝入透明塑膠套懸掛或固定在椅背上，或是跟椅巾上的廣告一起印製布置；同時利用能夠張貼且又不會破壞內部陳設協調性的空間裝飾作品。後者，好比以前臺北市公車會有詩作美化，如今卻幾乎已被商業廣告佔滿；相同的，現在大臺北捷運偶爾也能看到文學的影子（以詩和散文為主），但商業廣告和禁制語依然偏多，彼此都還大有挪出空間增量加彩的餘地。

此外，現代電腦科技已充分運用在上述這些可移動空間的行

業，以至為了不讓它平白的「浪費資源」，一樣可以經由設計結合文學來使它感性化（如在跑馬燈上出現詩作或在閉路電視上加入說故事或詩歌吟唱或短劇演出的段落之類，才不致因為那全用來宣導政令或只是禁制或代理廣告而給人冰冷僵化的感覺）。所謂其他行業的動靜態文學美化，大約就是循著這樣的途徑，在謀求它的淑世偉業的開展。

四

文學服務的具體作法

　　前章所談的是文學服務對象和方向的確立，也是相關點子形成的基礎；至於它的落實，則要有具體的作法。而這在理論上，同樣是提示性的（當然自我操作也是根據這些程序）。換句話說，這也是要告訴有意從事文學服務的同好所可以採行的踐履步驟。由於它涉及的是實務的流程或解決問題的方式，所以在章標上就逕以「文學服務的具體作法」題稱，目的在引出底下所論可以讓人一目了然，方便大家採取行動。

　　一般的客戶服務，會有「獨立服務」（服務本身就是公司行號或公務機關的主要產品）、「整套服務」（包括主業務和全體性的總服務或一系列的服務項）和「附加服務」（跟主要服務搭配的次要服務）等區分，而它在企業或政府部門也常要考量業務的性質而作一些分項或總包的定位。但對文學服務來說，每一次第都無可重複，所以這為了顧及個案和長久性，勢必涵蓋上述三種服務為一總服務形態。也就是說，文學服務在實務方面，要讓它既是獨立的，又是整套的，同時還得隨機附加，才能使整體的文學服務有一個更新且持續不輟的完美形象，而值得客戶衷心信賴。

　　說實在的，文學服務所堅持的為給大家高華的審美享受，始終是它最深的信念（不論是誰來從事都一樣）。我們可以想像一個人站在配有詩作或其他作品的景物前，他是會多麼耽於那美的畫面：或凝眸或沈思，許久才回過神來憶起他的來處。這時一個短暫的忘我，已經足以了卻所有纏人的煩惱或苦痛，而讓生命得著機會往晴空昇華去了。因此，它只能統括這一切可以給人實質美感的構作，

而無法再計議什麼分項服務。

　　相傳拮据一生的作曲家莫札特（W. A. Mozart），有一天，朋友經過他家窗前，看到他正在跟妻子跳舞，不禁莞爾說：「真有情調啊，在家擁著妻子跳舞！」沒想到莫札特卻回答道：「家裡無法生火，太冷了，只好以最原始的方式取暖！」是呀，文學也可以在寒天給你升起一把火溫心，正如音樂（舞蹈節奏和旋律的出處）能夠讓上述莫札特夫妻藉來相互取暖，它們都有同樣的功效，也都是天地間難可取代的絕境。只是音樂布置多有不便，終究得讓文學來行遍致勝。至於相關的作法，則可以據理依次來談。

1.企劃的撰寫和說服接受服務

　　不論是室內外動靜態的文學裝飾，還是手工藝品／食品結合文學的開發及文學沙龍的營造，或是其他行業動靜態的文學美化，都需要先經過企劃的撰寫和說服接受服務的歷程。後者（指說服接受服務），主要是指主動尋求服務對象所得考慮的，但也不排除被動接受服務後為使對方完全信賴而付出的。換句話說，說服接受服務是在主被動企劃的撰寫過程中所必須連帶徵詢和媒合的試煉；只有通過這一關，整個計劃才能付諸實行。

　　作為一個文學服務者（不論是個人或團體），他要根據文學服務的策略而來撰寫相關的企劃，首先得知道企劃書所該涵蓋的項目。它包括在通則上有緣起、布置方式、細節、費用、後續維修和附帶條件的明列，以及在個案上有特殊需求的符應等。其次得了解企劃書所能註進細節的實踐力和費用的合理取得等。前者（指細節的實踐力），由於有僅在美化而不改變或破壞既定布置的原則，所以它要業主配合施工及其完成期限等，都必須透過商討定案。而後者（指費用的合理取得），則得詳列基本的設計費、授權費、材料

原不知文學美化的行業尤其需要企劃及說服接受服務

費和工作費等，以供憑證，此外不再浮濫支取額外費用。再次得明白企劃書所可以承諾的維修內容和理當聲明的條件實質。當中維修內容，涵蓋增設、局部更換和添加副產品等；而條件實質，則涵蓋文學作品授權的取得或給出（前者如果沒有版權問題，可以不計。後者為策劃者創作所屬，則必須聲明對方僅能使用而不能別為發表或出版；倘若轉代為開發副產品或對方要出版存真，可以另外授權），這些都得註記清楚，並取得業主的諒解。

依理文學服務在一個專區形成時，就一併投入是最理想的（否則它要另覓空間進行文學布置，總會遇到「配合度」和「諧和性」等爭議，以及得多花時間力氣去遊說或研議）。這時相關的企劃案，就是高度搭配的實例。好比我個人在退休前，曾經邀請友人歐崇敬教授來跟我們語教所在職班的研究生講文化創意產業，席間他要研究生分組撰寫企劃文案。當時有一組研究生共同擬議了這麼一個例子（文中涉及人名、成員和費用等，為避免實指，一概以畫圈代替）：

非人部落企劃文案

一、緣起

　　○○○教授為國立臺東大學語文教育研究所所長，除教學認真外，自身與指導學生著作甚多，望能發掘教授思想與學術的蘊意，發揚文化創意的價值。

二、生產什麼

（一）創造觀型文化

　　1.食：西餐。

　　2.住：靈異體驗館（年輕人）、睡眠治療館（有睡眠障礙者）。

　　3.行：腳踏車（○○招牌工具）。

（二）緣起觀型文化

　　1.食：六道輪迴咖哩。

　　2.住：靈異體驗館（年輕人）、睡眠治療館（有睡眠障礙者）。

　　3.行：腳踏車（○○招牌工具）。

（三）氣化觀型文化

　　1.食：只要能吃的都能入菜，精氣養生火鍋。

　　2.住：靈異體驗館（年輕人）、睡眠治療館（有睡眠障礙者）。

　　3.行：腳踏車（○○招牌工具）。

（四）○○文創專區：

　　1.書局：○○專書、並有漫畫家為○○所創概念創作淺顯易懂的漫畫。

　　2.童玩館：內有○○題詩的各項童玩。

3.KTV、居酒屋：純娛樂，並熱門推薦○○喜愛的下酒菜與歌曲。

4.紀念品店：內有○○各項紀念品，例如○○娃娃、鑰匙圈。

5.三大世界觀祈福館：依據創造、氣化、緣起觀所建。

6.離開前，給入場者來生預約券，提供下次或下輩子優惠。

三、空間、地點

海濱公園。

四、成員（常態性）

○○人。

五、費用

一個月○○○萬。

六、未來展望

○○○教授是臺東文化瑰寶，開發非人部落可以提升文創水準，促進地方經濟以及居民就業機會。來到非人部落參觀者在休閒度假祈福之餘，可以體會教授思想與學術的深意。

這如果真有可能實現（場區不論是新設或改建），那麼裡面所有的館舍和附加產品等，就可以根據上述的具體作法為它再擬一份文學布置的企劃書，彼此配合施作，一定能夠展現最佳的環境營造和運作模式（不只靜態的文學裝飾可以顯功，還有動態的文學裝飾也能從中活化機趣），遠比但存軟硬體建設要來得美和有價值。

企劃書完成後，所要面對的是困難度較高的說服接受服務。基本上這在撰寫企劃的初期已經遭遇了，也就是它要先說服業主同意文學布置的構想，才會有進一步的文案成形（至於被動接受服務

的，也得先行溝通可能的情況，而後才能落實為文字紀錄）。而這則可以有階段性的準備工夫：首先是從鄰近親友的居所或店舖服務起，累積成果作為說服接受服務的樣本。這通常要以無償奉獻開場，慢慢有了績效，才好藉為向其他業主推介，取得信任後依約履行權利義務。

其次是徵引既有的例子，以為徵信的基礎，然後把自己可以做得更有成效的想法告知業主，一起商量可行的策略。而這自有古來所見於書畫題贈、寺廟山水勝地的題詠（詳見第二章第一節）以及相關的文學步道，甚至當今偶見仿古的諸如澎湖西嶼二崁陳厝自撰褒歌的布置和苗栗苑裡南勢華陶窯襲舊詩詞的嵌刻等實例，足夠援引。此外，倘若有更顯巧思的案例，也無妨藉機多舉。好比薩瑟蘭（J. Sutherland）《文學趣談》所著錄的兩個例子：一個是關於包裝菸草的，在「維多利亞時期的人們喜歡用文學典故來裝點他們深愛的菸草，而非抽菸致命這類的恐嚇」；一個是涉及文人風雅的，故事有點奇詭：

> 1599年斯賓塞去世，葬於詩人之角。有傳說稱，他的棺材放入墓穴的時候，四周圍繞著當時最領風騷的劇作家：瓊森、博蒙特、弗萊徹和莎士比亞。他們紛紛將手稿輓詩連帶著鵝毛筆投入土中，向斯賓塞致意。

看來前者是屬於有意的靜態文學裝飾；而後者則可以算作無心卻符應的動態文學裝飾，都有令人感動的地方（很明顯的，為已經存在的香菸添置一則文學典故，要比大剌剌警告癮君子抽菸會得肺癌來得有幽默感；而將輓詩文具投入好友的墳塋內，也無異平添了一段佳美風義）。而將這些案例提供業主參考，諒必很快就能引起對方

會意而願意接受文學布置的建議。

　　再次是擴大服務範圍，以便顯示文學的多方美化功能，而有助於客戶的「聞風影從」。這從前章所舉證中早已可以見識「推廣無礙」的一斑，現在則不妨再以高柏（N. Goldberg）《心靈寫作──創造你的異想世界》敘及的一項創舉作為引子：

> 我曾在明尼蘇達禪學中心的夏日節和園遊會活動中，擺攤售詩三年。一開始我很客氣，一首詩索價五毛錢；但到了第二年就漲價成一塊錢。一整天，攤前都有人在大排長龍。我請顧客隨意命題，題目包括有〈天空〉、〈空虛〉、〈明尼蘇達〉，當然還有〈愛〉。孩子們請我寫紫色、他們的鞋子、肚子的詩。我的規矩是把一章標準規格紙寫滿整頁為止，不刪改，中途也不停筆重讀。

像這種別致有趣的「擺詩攤」式的文學服務（也歸入動態的文學裝飾範圍），不限於在一般節慶和園遊會從事，舉凡學校、教會、嘉年華會、義賣會和其他室內外的遊藝活動等都可以嘗試（最好現場再布置一些現成的文學作品，以供參照選樣；而服務人員也無妨多備，方便可能的人潮湧入要限時取件）；同時對於養老院、故事屋和志工培訓等一類固定場域，也可以加上說演故事來增添動態文學裝飾的效應。這些一旦開啟了，所積累的成果就是最佳的宣傳，而文學美化人心和環境的想望自然也有機會實現了。

2.統籌策劃和分項策劃依需進行

　　完成了企劃書，也說服了業主接受服務，接著就是付諸實行的具體策劃。這包括文學作品的創作和徵集以及施工的先後順序等。

而在形式上，有所謂統籌策劃和分項策劃「分工合作」的需求。當中統籌策劃是一定要有的，而分項策劃就依規模大小來決定。換句話說，在執行程序上統籌策劃安排一切，必要時再「發包」委由相關人員據項策劃細節。這未必得明列在企劃書裡，但從事文學服務的人卻不能沒有腹案（作為附帶向業主解說的憑藉）和備忘錄（作為自我執行布置的依據）。

在這個過程中，所用來布置的文學作品，自己創作的和徵集的（包括改寫的在內），應該有一定的比例，大約是六比四，甚至自己創作的還要更高；否則大多取自他人作品，就難以宣稱這是在作文學服務。我們如果拿古人來比對，當還會發現類似的作為從未有過「假借人手」或「迻取他作」的。不信且看：

湖樓題壁　厲鶚

水落山寒處
盈盈記踏春
朱闌今已朽
何況倚闌人

題大庾嶺北驛　宋之問

陽月南飛雁
傳聞至此回
我行殊未已
何日復歸來
江靜潮初落

林昏瘴不開
明朝望鄉處
應見隴頭梅

題西林寺壁　蘇軾

橫看成嶺側成峯
遠近高低總不同
不識廬山真面目
只緣身在此山中

題桃花夫人廟　杜牧

細腰宮裡露桃新
脈脈無言度幾春
至竟息亡緣底事
可憐金谷墜樓人

這些相關山水名勝和寺廟的題詠，無一不是當事人有感而發創作的，這裡沒有額外的藉助添作或旁率致勝。只有到今天，我們感覺文學美化的重要性，要擴大行事，才必須參錯眾多作品以為「共襄盛舉」。因此，上述的比例說，就有背景上的不得不然，並非捨棄了得由「自己上演」的初衷。

　　縱是如此，有的場域或學校、公園、美術館、文化中心、博物館和文化創意園區等範圍較廣且得有內部或社區人士參與（也就是最好要有內部或社區人士貢獻作品，他們才會孳生認同感和勤於加

入維護保養的行列），這時所需要的分項策劃就會佔去大部分的比例，自創作品勢必減到最低，而僅以統籌策劃顯能。但不論如何，這都是比例的調配問題，不影響統籌策劃和分項策劃的權宜區別。

此地的統籌策劃，所要關係的是自己作的和授權分項去作的。自己作的，包括整體的設計、執行和監督等。整體的設計，有前章所說的室內外動靜態的文學裝飾、手工藝品／食品結合文學的開發、文學沙龍的營造和其他行業的動靜態文學美化等，它必須是個別專案式的處理。比如一般常有訪客的住家，就可以針對它比較不會被別為利用的門板、牆壁間隙和置物櫃等空間進行設計，以便訪客有機會沈吟流連而感覺不虛此行。

以我曾經作過的為例：友人杜清哲、何秋菫伉儷從臺北來臺東購得一間中古公寓，作為自己渡假和接待親友的據點，我就為他們作了一副嵌字聯「清看東海沐奕秋，哲悉俚居膚全菫」補牆縫，以及在三扇房門分別布置了我撰寫的極短篇小說：

賺錢妙方

做丈夫的架好了攝影機，躲在後面觀看。做太太的把一盒糖果從小女兒眼前抽走。

才在蹣跚學步的小女兒拿不到糖果，索性趴在地板，一邊哭嚷一邊滾動。

他們家的哈利，被命令蹲在一旁學人的哭聲。小女兒聽到狗學她哭，突然停止叫嚷，兩個淚眼急著尋找那聲音的來源，畫面出現了她驚訝的表情。「可以了，」做丈夫的說，「趕快PO上網，準備收轉載費吧！」

失算

他例行性的到山坡上整理那一片菜園，出門前把跟朋友喝剩的半瓶威士忌帶著。

到了菜園，他把來的目的擱在一邊，盡情的喝酒，還跟流雲舞了一段。

「沒有老婆管，真好。」他舞著得意的笑了起來。

喝完酒，他把酒瓶遠遠地拋向山谷。這時天空也濛濛暗了，他騎上機車準備返家。

山下路旁有警察臨檢，他因為騎車歪著一邊兼蛇行，被作了酒測，最後收到一張超值的紅單。

回到家，老婆看他一臉頹喪，就逼問他是不是又被開罰單了。

「我只是含一口過酒癮，」他辯解著，「沒想到湊巧就被逮住了。」

「含一口？」老婆不信的問，「那剩下的酒？」

「被警察沒收了。」他回答。

小迷局

走廊上，兩個大學生在比賽套用羅素「我是堅持的，你是固執的，他是愚頑的」的著色修辭。

「我是基進的，你是偏激的，他是極端的。」其中一個說。

「我在潔淨腸道，你在摧殘腸道，他在腐化腸道。」另一個說。

這時來了第三個人，加入戰局：

「我是瘋子，你更是瘋子，他超極是瘋子。」

他的話都被前兩個人糾正，他們說它沒有著色。

「怎麼沒有著色。」他辯解著，「只要程度不同，就有著色。」

遠遠有一個人在旁觀，走過來說了一句：「三個人都是瘋子，已經著色了。」

至於廚房門和浴室門，則以改編的笑話裝飾，看到的人想必會有更好的心情。此外，在他們布置有木雕和人造花的矮置物櫃上，還擺放了筆記本且豎立一個「故事接龍」的牌子，讓主人和訪客即興創作。而為了方便大家入手，我先起了頭：

阿毛在臺東

秀泰影城開幕那天，遊客圍了三匝，都是在等待購買電影折扣票。

阿毛從人群中鑽出來，他一邊吃著霜淇淋，一邊靜靜觀看那些年輕人排了兩個鐘頭隊伍臉上的表情。

「慘了，臺東要淪陷啦！」

在一片吵雜中，阿毛聽到有人急切在交談。轉過頭去，他發現兩個老朋友也來了。

「你們不喜歡嗎？」阿毛問道。

「差不多。」對方一起回答。

「那為什麼還跑來？」

「想找個安靜的地方。」

有沒有搞錯？阿毛心裡犯嘀咕，但忍住不講出來。他猜測老朋友還不到發瘋程度，他們一定有要來這裡的理由。

最後在屋門內面作了一個「留言區」，訪客可以隨意留言，抒發感想；同時也建議主人有空寫一點購屋因緣或渡假心情，體裁不拘敘事或抒情，只要做到自己有實質的參與就行了。這樣多少就涵蓋了動靜態的文學裝飾；日後如果另有雅集，那麼要延伸策劃什麼藝文活動，就因為有這些基礎而更容易了。

　　整體設計妥當後，凡是自我無法或不便執行的部分，就得經由分項策劃去完成。這多半是要業主自撰或徵集作品，以及配合購置

住家文學布置示範

材料和施工等，而從事文學服務的人只管監督執行和善後及其爾後的維修。如此一來，分項策劃的費用，則視負責人屬性（是出資者還是領資者）而考慮要不要列入；最重的是，有了它文學布置對業主來說才有「歸屬感」，而不是純由外人經手難免會有疏離心理。

3.個別或集體合作的實地裝飾／布置／產品開發／引進文士／動靜態美化

所依需進行的統籌策劃和分項策劃，最終要落實為現場布置，還會涉及人力的差遣問題，而它相對應的就是前章所提及的那些裝飾／布置／產品開發／引進文士／動靜態美化等。這時就有個別完成和集體合作完成的方案可以選擇：前者多半是在小規模的場域或不需要額外徵集作品的情況下實施；而後者則已超出個別人的能耐範圍，必須夥伴（包括業主在內）才能預定進程，而這所面對的原則上是大規模的場域或比較複雜的公家機構。

在這裡，還會有一個「甄選」的過程。也就是說，擇取的作品終究要以符合文學標準為依歸，不然就會喪失文學布置的意義。這並不表示有意產出或投件的作品有問題，或者一切都要向高雅（艱澀）層次看齊來顯價，而是說它至少要透過意象或事件傳意，以及能多巧取各種比喻或象徵的技藝，合而營造出可耽戀的綺麗的對象，才足夠資格入選而跟場景共構一個美的畫面。

即使有業主中意時下年輕族群所創發的「火星文」或「顏文字」，也得要求相關自創或徵求的作品具備文學的質素。好比火星喵喵、火星汪汪《火星文傳奇》所收集到的一則父子的「信件對話」：

親愛d兒子志明：

　　開學d第一學期裡，總共收到为泥d兩封信，信d內容既簡單又明瞭，字寫d十分潦草，唯獨只u「錢」出個字，寫d特別d清楚……

　　泥搜泥很忙，沒u4間寫信給偶們，口4u倫告訴偶搜，泥每個星期斗費寫長達十幾頁d信給泥1前高中d女同學……

　　偶1想到出件事9睡b著覺，所1才費會在出三更半夜裡寫出封信給泥，並b4要求泥要做什麼，只4希望泥↓次寫信回來d時候，b要再只u寫「ㄅ，偶沒錢为，志明」好ㄇ？

　　　　　　　　　　　　　　　　　　　　　爸爸　筆

兒子回信內容如↓：

偶最親iㄅㄅ：

對ㄅ起，偶右迷u錢花为，快計錢乃啦！

　　　　　　　　　　　　　快要窮死d兒子志明　敬上

批AS：照泥d吩咐，偶u多寫哦～

　　這位爸爸以仿兒子的火星文寫法所回的信件和兒子的覆信，就妙趣橫生而可以作為典範。尤其爸爸信中所敘及兒子來函都比給女朋友寫信短少很多那段故事，象徵自己的醋勁，也象徵對方的不善體察親心，特別令人動容，也叫人莞爾！這不論是擺放在咖啡店玻璃桌墊底下，還是附著在食品包裝或手工藝品上，或是進入民宿業者精心打造的房舍，都可以給人一新耳目且能激發讀者某種程度的共鳴和賞愛。依此類推，後出的顏文字只要深具創意的，也無不可以引入。正如被運用次數較多的囧字，既形象化，又有妙喻的作用；如果有人像這樣「你沒看我囧了，還來煩我，小心我糗你，讓你也嘗

嘗囤了的滋味」把這個字嵌進文中的對白，不是顯得「精神百倍」麼，那還需要贅字連篇來形容？以上是為增加作品的豐富性而參錯採擇的，未必會有損文學的「正規格調」。

還有進行實地裝飾／布置／產品開發／引進文士／動靜態美化本身，也得搭配得宜而自成一種視覺美感（而不是「雜亂無章」先減損自己的姿采）。而所謂的搭配得宜，一方面是跟所進駐的環境取得協調美觀（作品或書寫或打字或鐫刻，以及裝幀或護貝防水或加圖繪照片或燒製鑲嵌或漆線裸呈，則依便處理）；一方面則是自我的呈現具有多樣統一性，可以表徵獨特的思慮和審美籲請。好比前幾章間雜介紹過的文學步道，它想顯得「更有看頭」，除了要加入社區人士的創作（而不是但取現成作家的作品），在布置上也不宜呆板的排成一長列或圍成一弧形。它理當採造型式的裝飾方式，分區集中展示（可以考慮依自創和徵集的分列，以及設置文類和作者屬性專區），自然間隔成一「群落文學」步道，讓遊客可以從容的在每一處長時間逗留或環遶賞玩；否則那一長列或一弧形的作品陳設，就會造成遊客走走停停的不順暢感。

就以臺東都蘭山文學步道的「可思改造」為例，它的環石矗立形態已經醜極，又隱身在那荒煙蔓草中罕人知曉，不如把它移來市郊海濱公園，重新堆疊而成一兼具造型藝術的作家作品專區；此外再另闢地段布置自創作品和徵集作品，以及找回八八水災後臺東縣政府舉辦國際漂流木藝術節曾經留駐的許多現場木雕，合而摶成一個實實在在的藝術公園，總比現在整建了那一新地標卻「孤立無援」的立在空曠草地上要能吸引人前來遊憩感悟。因此，類似的文學裝飾，能以此為鑑（雖然這僅存在構想中），才可以稱得上是「善盡巧思」；而到了實際施工階段，也才會隨著湧現「真正是在美化人心和環境」的成就感。

海濱公園極為空曠可以容受吸納舊文藝作品而成一美感專區

　　另外，有些文學布置方式也很可議。如彰化八卦山上光陳列賴和一首〈前進〉詩（用長鐵板雕鏤併排而成），就佔了一大片牆；抬頭仰望是夠宏偉了，但「單薄如斯」卻又令人深感可惜！既然騰出了那麼大塊山壁，為何不多增加徵集作品來助氣勢和添美感？又如大佛像前面的筆墨步道公園，固然許多名家的文學作品都隨書法雋逸嵌在圓牆上了，但中間偌大的空地反而形成一種「不知利用」或「無所事事」的反諷壓力。倘若它能在中心點作一個造型（而不僅是現今可見的那少量雕塑品），同樣以鏤刻方式裝飾相搭配的徵集作品，不知會多麼的有「活力」而讓人遊心顫動！可見實地的文學布置還大有可以進步的空間，而上述這些案例都得引為戒惕，才

會事半功倍。

其餘的，大多已經在談文學服務的策略時附帶提示過了，只剩實地引進文士這一項尚未觸及。嚴格的說，文學沙龍的營造只保證「前階段」無虞，得有辦法招徠文士雅會消費才算圓滿。而這就得多加一道跟文人建立良好關係以及兼策劃相關藝文活動的程序，彼此相互奧援，以為活絡文學沙龍的運作。基本上，它未必要像楚戈《咖啡館裡的流浪民族》所敘及的由作家合資辦個什麼「作家咖啡屋」之類的自我支撐文學沙龍的一切（何況那都維持不久），但至少也得有人來穿針引線，而給這類深具意義的動態文學裝飾存活的機會。因此，把所能敦促的文人，儘量遊說他們到這裡展現才華且帶動文學的風氣，也就成了從事文學服務的人必要的承諾；而業主方面，也得有某些優惠或招待東西，以為獎勵客人的創作成果（並如前章第四節所述將它布置在現場供人觀賞）。後者，已有樂曲創作的例子可以類比：據說音樂家舒伯特（F. Schubert）窮得一文不名，有一次在餐館看到報紙上有篇短詩，當場就給它配了一首曲子，跟老闆換到一份馬鈴薯，那首曲子就是著名的〈搖籃曲〉，後來手稿被人以四千法郎拍賣。業主如果有那位老闆的雅趣和度量，而肯主動進行類似的「交易」，毋乃是美事一樁，名聲很容易就會不脛而走，不但給自己的店增添了盎然生意，也為文脈的發長枝椏無意中作了一份貢獻。而這就是業者和業主充分合作的好結果，無妨懸為維繫文學沙龍運作的一個高指標。

再來在引進文士的過程中，還要不斷補充新的刺激源，以便大家聚會時靈感勃發而迭有佳構傳揚。這除了前章第四節所提過的擺設一些小巧玲瓏的藝術品、漫畫、劇照和前人的文學作品以及隨機播放輕柔的抒情樂等，不妨再預留幾套專事因應文人創作的策略，如仿《紅樓夢》中雅集所見的歌詠螃蟹、吟詠菊梅、即景聯詩、製

作燈謎和行酒令等,而準備某些特殊物品或時事新聞來激勵大家發想,甚至再升級以抽象的音樂誘引聯類或新悟的創意。後者的籌謀是有根據的:我們知道,許多音樂家都是因為被詩文感動而創作出了曲子。如蕭邦(F. Chopin)〈敘事曲〉、白遼士(H. Berlioz)〈幻想交響曲〉、舒伯特〈魔王〉、莫札特〈費加洛婚禮〉和安德遜(L. Anderson)《愛爾蘭組曲》之一〈夏日最後的玫瑰〉等,就是分別受到密契維茲(Mickiewicz)的詩、莎士比亞的悲劇、歌德(J. W. Goethe)的詩、包瑪歇(P. A. Beaumarchais)的喜劇和愛爾蘭的民謠等作品的深契影響而譜出的;並且他們大多還自行撰寫曲詩一併流傳。因此,嘗試蒐集相關的作品布置在室內,再對照這些音樂,也許有助於文人另啟一段遐思而有新作產出。

最後有關後續的服務,這除了放置留言簿請文人提供聯絡的方式,業者和業主還得跟他們培養相當的默契,必要時可以互通消息(包括他們留下作品的處理、新階段藝文活動的安排和可能采風的引介等)。由於文學沙龍還具有一種形塑文人雅集典範的功能,所以此類文學服務總得試為設想更為久遠;也許往後的一部文學史要從這裡寫起,或者文學淑世的偉業會在這裡激盪出漣漪,大家都不宜小覷!縱使現在無法代為擬議那一「久遠」對策的具體內容,也不礙繼起的文學服務者得有這方面的心思預備,畢竟這是一條漫長的道路,誰也不好輕忽以對。

4.過程維修及不定期更新

文學服務緣於為美化人心和環境而出現,它的冀望普遍化和深入化,永遠是一道不可推遲的指標。當中冀望普遍化,是為了能見證文學的無所不在;而冀望深入化,則是為了可以緬懷文學終於帶給人實質的生命解脫和美感昇華。因此,文學服務就不可能是一次

性的完成，它得跟淑世的歷程一起存在。這樣已經初度搏就的文學布置，就需要有後續的過程維修和不定期更新來顯示文學這項工作的確非凡俗性。

其他行業，可能也會有過程維修和不定期更新的服務，但那是指設備器材售出的保養和零件替換，屬於技術工程的承諾，而跟文學服務為求新鮮感和充實感的保證有所不同。也就是說，文學服務的過程維修和不定期更新是添加兼推陳出新式的，它要讓所布置的場域文學氣息越來越濃厚且常保新奇；而這跟其他行業僅能做到「不妨功能」的消極作法相比，彼此的差距顯然不可以道里計。

文學服務的維修和更新乃因布置場域有實際的需求

那麼這種過程維修和不定期更新的具體作法又有那些？根據前面的提點，似乎很清楚它就是指動靜態文學裝飾成分的增添和更換了，但其實還有比這細微的事物要考慮。首先是所維修和更新的作品或活動要如何回應解會需求的問題。接受文學服務的人或機構，也許對於文學作品或活動會有解會上的困惑，這時的過程維修就得多負一種「引導理解」的任務；而這種引導理解莫如以契會「解脫生命和昇華美感」的文學旨趣為最高原則。前面說過，「文學是透過意象或事件來間接或宛轉表達思想情感，可以讓人在玩賞領會中有豐富的審美享受」（詳見第一章第三節），這是文學的終極效能；而在整個過程中，文學介入人的精神生活，無異成了一種自我救贖，也就是人在耽玩意象或事件時「自然就會淡化惱人問題的困擾，以及積極的運用它來美化事物而終致免除所有的苦痛」（同上），這就同時把解脫生命和昇華美感一起綰合了（美感昇華是來自生命得到了解脫；而解脫了生命也等於昇華了美感，二者成了一體的兩面）。以意象為例，它的存在不只為產生心理審美一項功能而已；所有藉以克服「言不盡意」的困擾和可逃離惱人問題的糾纏等生命解脫的效應，則又看似隱藏而實則隨時都會浮現出來。前者（指克服「言不盡意」的困擾），是起於人所發明語言本身為抽象物多有「不盡達意」而又必須表出時的一種策略運作，而這在詩中因為全部意象化而更容易「混合」或「強為寄存」。而後者（指可逃避惱人問題的糾纏），則又另有不逮或有所規避時，藉助意象來「應付了事」以為脫困而著成典範的。好比宗教中人偶爾也要藉意象來自我逃避一樣，彼此可以局部相互輝映。如杜普瑞（L. Dupré）《人的宗教向度》所說的：

　　　　宗教人採用意象，因為無法「直接」說出他想要說的，而意

象容許他逃避「既成」的實在界。但他討厭把某種明確的實在界劃歸意象本身。事實上，宗教心靈創造了意象，同時又對這些意象保持一種「打破偶像」的態度……黑格爾雖然把一切宗教符號貶抑到表象的層次，但卻清楚覺察當中有一種否定的驅力，使宗教反對它對自己的意象。

宗教的偶用意象性語言弔詭的自我「宣示」所謂實在界或終極真理的不在場；同樣的，詩的全面化意象性語言也等於不敢保證相關旨意的表達可以成功，以至「自我逃避」也就成了一種戲玩意象的修飾詞，終究要跟生命解脫的課題連結在一起。此外，明知可以達意，卻刻意避開（而丟下意象走人）以為逃脫他人的追問或逼仄，這就更加深戲玩意象而可以併陳為生命解脫的形式。例證是據朋友所傳鄭愁予在一場演講後，有人詢及他的〈情婦〉詩在表達什麼。他略頓了一下，說：「孔子的心情！」然後他就揚長而去，不再理會對方的滿臉錯愕。這類近似「信口開合」（迫於無奈），不就像極他人在必要時丟個意象給一些詰問者，而後自己從對方的迷惑中「逃離」那種情況嗎？可見所謂的生命解脫，是可以找到經驗基礎的。這麼一來，生命解脫和美感昇華就緊密結成一體了。而依此，事件的存在可以更「複雜」的來體現這種雙重性的審美籲請（一樣以「創意」作法教人玩味賞愛），從而顯示文學這種最特殊的在世存有。因此，從事文學服務的人就得據此不斷地伺機宣說，剖析案例或取證經驗，直到需求者能充分領會為止。

其次是所維修和更新作品或活動要如何變化以為轉實質豐富或新奇的問題。文學服務本就蘊涵有「必要進境」這一更高的自我要求，而所給予業主的承諾尤其要顯現在文學作品或活動的不定期更新上。因此，對於文學作品或活動的可以「升級」或「突進」的方

向也就得有所掌握，以便能夠因應自我的創意伸展和接受服務者可能的需求。而這在文學作品方面（文學活動可以比照），已經有一整套的創作成規可以借鏡（想再別為創新也不妨以它為對照系）。倘若以詩和小說作為意象傳意和事件傳意的代表，那麼人類的創作實踐迄今就有足以依循的某些典範。以詩來說，它所要據為發抒的「情感」（「思想」則隱藏在背後），是要加以提煉而後透過比喻／象徵等藝術手法來表達的；而該情感在經過一番「萃取」和「包裝」後，就可以有所區別於「普泛之流」。而在我個人的研判中，大體上有「意象的安置」和「韻律／節奏的經營」能夠作為基本律，然後再將情感本身特別限定在「深情」或「奇情」層次以及必要時以「反義語／矛盾語」和「形式變化」來強化藝術的張力（方便「耐人尋味」）：

整體呈現

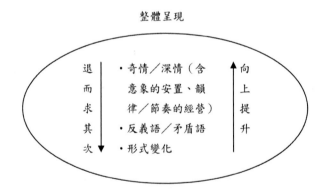

例子如杜甫的〈月夜〉「今夜鄜州月，閨中只獨看。遙憐小兒女，未解憶長安。香霧雲鬟濕，清輝玉臂寒。何時倚虛幌，雙照淚痕乾」和哈維爾（V.Havel）的〈訃文〉「我們完全冷淡地宣布／我們大家都恨的父親丈夫弟弟祖父叔叔／因為一輩子太腐化／死了

／／他一輩子很自私很愛自己／所有的親戚朋友都恨他／因為他一輩子都恐嚇他們／欺負他人偷他們的東西／／請你們不要來／參加他的安葬儀式／請大家跟我們一樣儘快忘掉他」等，它們除了安置了一些恰當的意象（如月、香霧、清輝、腐化和安葬儀式等）以及經營了頗為諧美的韻律，還有那最可感的奇情和深情等。前者（指奇情），是指哈維爾〈訃文〉詩的「激將」點子（故意戲謔死者而勸人不要來參加他的葬禮，不啻是在藉玩笑話淡化大家可能的悲傷情緒以及更鼓勵他人一定得來看看以免後悔）；它以「逆向操作」式的奇情，贏得了接受者的矚目（至少我個人就很欣賞）。而後者（指深情），是指杜甫〈月夜〉詩的「宛轉疊加」思情：「想家／愛親」是每一個外出或因故滯外的人普遍有的情感，但詩人不直接說自己想家／愛親，而說家人正思念著自己；這一設想，將自己對家人的惦念和家人所受「君何時歸來」的心理煎熬一起呈現了，無異是賺人「兩次」熱淚！詩人的巧為安排（尤其「遙憐小兒女，未解憶長安」二句，寫詩人遙想可憐家中小兒女，不了解他們的母親「望月思夫」的衷情，最見細微），使得詩作所傳達的情感婉曲潛蘊，感人至深，遠非一般空想思情的作品所能相比。它的「帶層次」的深刻化表現方式，見證了深情動感的一面。此外，「形式變化」可見於一些圖像詩／前衛詩／超前衛詩；而「反義語／矛盾語」則有「無色的綠思想喧鬧地睡覺」、「她拳頭般的臉緊握在圓形的痛苦上死去」和「時間的熾熱一直持續到睡眠為止」等一類的表現可以相互印證。它們是在特殊創新的情況下，才要「退而求其次」的，不然都得「向上提升」直到能「整體呈現」為最佳典範。

再以小說來說，同樣可以力求「系統」內的變化而展現高度的巧思（如在情節結構中製造懸疑、衝突、逆轉和意外結局等以為刺激／吸引接受者的青睞）。

此外，在學派的競技上，也多有可說的。如有一篇後現代小說
〈錯誤〉：

錯誤　蔡源煌

一　信札

　　不管我怎麼稱你，我將帶走你平靜的語音。我會記住你
的臉孔，還有你的溫馨。天曉得，我傻得連你的姓名都忘了
問。老闆娘說你們只是同鄉，不知道你的名字，可是她說，
可以幫我問到。
　　……

二　臺中仔

　　「喂，臺中仔，」老闆娘喊著我，神祕兮兮地招手要我
到店裡去，「張小姐留了一封拉夫烈達給你。」
　　我接過彌封的信箋，驚愕著。
　　……

三　作家日記

　　昨天晚上寫到「我的歉疚刺痛著我的良知」，突然覺得
很睏，很疲憊，就上床去睡了。可是入睡以前，腦子裡迷迷
濛濛的還是在想著第二部分的結局如何交代。顯然，我把自
己的感覺移植到那個沒有名字的「臺中仔」身上。這個部分

拉裡拉雜的，也許較為詳實，我卻一直覺得不滿意。至於第一部分那封信雖然只寫了一千六百字，可是它卻交代了一個活得很痛苦，但是卻活得很真實的年輕女子。真實是對自己的誠信，也是對別人的誠信。這樣的人，你所看到的就是她的真面貌，她的臉上未曾帶著假面具。

……

四

昨晚寫到最後一句是：
我的歉疚刺痛著我的良知。
……

五

親愛的讀者，這篇小說到此已結束了。不管是不是合你的意，我實在是被挫折感所困折了。一篇小說的結局難定，其實你們也有責任啊。要不是看在你們的期待，我才不會搞了這麼個飛機哩！儘管我希望駕鴦成雙，可是，光寫到臺中仔去戶政事務所查詢玉綢的地址，我就沒轍了。我承認我是失敗了。
……

六

我最初定下的結局是這樣的：臺中仔和玉綢終究是要

「你走你的陽關道，我過我的獨木橋」的。生命當中，萍水相逢的人不計其數，而平生只有一面之緣的人，最親近者也莫過於曾和我們有過肌膚之親的人了……我的一個朋友十幾年前出國的時候，隨身帶了新娘的禮服，結果，誰曉得，她的婚禮拖了五、六年才舉行，而且這一回對象不是上次的那一個男人。

......

這以我3／作者自己、我2／作者所寫文中作家、我1／文中作家所寫男女主角等不同「我」的敘述者層層包蘊來消解一個大敘事的嚴肅性，以便揭發敘事性作品的虛構性及其意符搭連不到意指的支解情況，如同前面所說的就極盡諧擬／拼貼並用的能事。而我們如果把它所要解構的「現實」觀念拿來比較現代小說所要建構的「新現實」觀念以及前現代小說所力挺的「反映現實」觀念等可以在紙面談論的對象，那麼三者的情節圖示就可以依代際先後這樣「一字排開」：

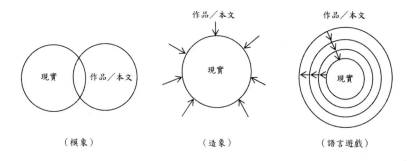

當中現代小說所要建構的「新現實」觀念，是取芥川龍之介的〈竹藪中〉來作「典型」性或「綜合」型代表的；它以我1／樵

夫、我2／行腳僧、我3／衙吏、我4／老嫗、我5／強盜、我6／武士妻、我7／武士等不同「我」的敘述者的多重變化來供出一椿兇殺案的「多」面相，以便營造出「現實事物存在真相的相對性」這項真理，頗欲以該見解為新的現實觀。至於前現代小說，普遍強調作品／文本和現實的對應性；而能不能對應則該有所保留，以至姑且以部分重疊的方式呈現。這樣後出的後現代小說的審美風格，就因為它力爭反前出的小說的審美風格而自我「獨標新學」了。而這在「寫作規律」的光譜上，還可以略作底下這樣的條陳：

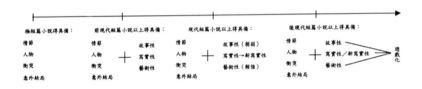

　　小說的以「事件」見義及其為吸引讀者的「魅力」營造的迫切性，都得以情節、人物、衝突和意外結局等為基本要素（在極短篇中依然得「麻雀雖小，五臟俱全」）。而篇幅增長以後，則要再增加故事性（曲折／離奇／感人等）、寫實性（對人性真實／人生事件真實／人生經驗真實等）和藝術性（形式反熟悉化／意義多重深刻等）等成分，以便「體製」可以得到充實。等過渡到現代派時，則因為要創新觀念或形象（新寫實性），已經無暇經營故事，只得在藝術性上增強（如〈竹藪中〉的多重變化敘述者，以為見出作者的巧心）。至於到了後現代，所見的小說一切布局都遭到遊戲化（諧擬／拼貼／直接解構等），那就顯現一部小說史的發展到這裡快要「無以復加」了（至於網路時代的小說，則是把前述各流派的觀念用來作「超鏈結」（多向兼互動）的創新，在理解上得「各自

歸位」，所以這裡不便加以圖示說明）。所謂的不定期更新，點子就在上述這些範疇裡醞釀完成，然後發為實際的奇異接替和豐富的文字美感。

再次是所維修和更新作品或活動要如何避免機械或僵化而造成報酬遞減的問題。文學布置在同一個場域或不同場域，應該儘量使布置方式和作者多樣化，才不會給人太過常熟或公式化的感覺而降低欣賞的頻率。這就有一個反例：幾年前中部有位縣市首長很喜歡到處題詞，連贈品都要嵌上他自己的詩作。姑且不論他作品的質地如何，就說他這樣在轄區內題詞的能見度那麼高，等於是暗示別人上臺後把那些題詞「掃光而後快」或「乾脆取而代之」，馬上就會「船過水無痕」；而他每採購一批禮品就要附上一首詩強迫別人接受的作法，難道不會引發「又看到了你的名字」的厭煩感？這就讓我想起孟子勸齊宣王行仁政的故事。每次孟子開口跟齊宣王講道理，齊宣王就推說自己好樂、好貨和好色等而行不了仁政。這時孟子就曉喻他只要能跟百姓同樂和分享，那些好樂、好貨和好色等就不是毛病，一樣可以達到行仁政的目的。只可惜言者諄諄而聽者藐藐，齊宣王終究不肯這麼做，所以朝綱自然就日趨隳壞了。以這個例子，可以反思那位首長好題詩詞，為什麼他不邀縣民一起來參與，大家「共襄盛舉」不是更能凸顯縣內的好文風？而他的推廣有術，可能還會傳為美談呢！但現在卻是他一人在出風頭，又能奈何！顯然文學服務的全程，也當以此為戒，力避機械或僵化的應付了事。

從「企劃的撰寫和說服接受服務」開端，到「統籌策劃和分項策劃依需進行」、「個別或集體合作的實地裝飾／布置／產品開發／引進文士／動靜態美化」和「過程維修及不定期更新」等，合稱為文學服務的具體作法。這裡面既預告了階序，又結果了內容，

已經自成一套有效踐履的模式，有興趣從事文學服務的人或願意接受文學服務的人，都可以引為工作的藍圖或調適修正樣本的依據。而我作為一個論述者，還得預期這一藉文學謀生的道路會是一條坦途，才能完成此次第或階段性的理論建構。

五

走向終極的文學謀生的道路

　　說藉文學謀生的道路將會是一條坦途，是從行業的有待開啟和現實環境確實需要回歸淳美而論斷的。前者（指行業的有待開啟），或許有人會認為不是早已有書刊、戲劇和電影等在推動了，為何它還是一塊處女地？沒錯，文學作品經由靜態的紙面傳播和動態的轉化演出，確是有著某種程度美化人心的效果，但那畢竟不是相對隱匿式的，就是屬於少數人的禁臠，必須費力發掘或得有錢有閒才感受得到，而不如文學布置那樣隨時可以給人驚喜。因此，就古來已有的案例再行擴充推衍，一個新的行業是大有機會興盛的。

　　至於後者（指現實環境確實需要回歸淳美），根據前面所述，全球化所造成的資源枯竭、生態失衡、環境汙染、溫室效應、臭氧層破洞和核武恐怖等人為災害益趨劇烈，以及經濟力衰退物質生活越來越缺乏保障，於是我們需要文學介入精神生活來自我救贖，極力抵拒資本主義而推進到後全球化時代重新出發（詳見第一章）。換句話說，在這樣不宜再有太多耗費興作的現實環境中，文學是唯一可以恆久性提住我們的美感而使生活仍然過得有品質的保障，以至讓它能夠普遍見著也就成了大家所該衷心期盼的。在這種情況下，有心人要開啟文學謀生的新紀元，對他自己和對社會都是可能和有前景的一件事。

　　我們還可以舉音樂藝術來類比：不知道有多少音樂家是在文學所提供靈感源泉中創作的，但依文獻的記載，諸如史特勞斯（R.Strauss）的〈查拉圖斯特拉如是說〉和德布西（C.Debussy）的〈牧神的午後前奏曲〉就是分別取材於尼采（F.Nietzsche）同名的

長篇敘事詩和馬拉梅（S.Mallarmé）同名的牧神詩，而舒伯特的小夜曲〈請聽雲雀〉則完全源自莎士比亞的〈辛柏林〉詩篇；此外，布瑞頓（E.B.Britten）的〈春之交響曲〉乃選自十四至二十世紀不同英國詩人的作品而編成的，而舒曼（R.Schumann）的〈第一號交響曲春〉、白遼士的〈夏之夜〉和海頓（F.J.Haydn）的〈四季〉也分別取自貝特嘉（A.Böttger）的詩〈你，雲的靈〉、高提耶（T.Gautier）的詩〈夏之夜〉和湯姆生（J.Thomson）的敘事詩《四季》而創作的，例子可說不勝枚舉。既然音樂家可以依據文學作品譜曲傳誦而解決生計的問題（他們可以賣曲子，也可以演奏收費，還可以受僱於王公貴族），那麼有能耐首度創作的文學人為何就不能藉它來謀生？因此，在一切條件都具備後，要走向終極的文學謀生的道路，是可以勇往直前的，相關的荊棘已經排除了。

1.服務成效向業主推銷以尋求商機

　　對於一個民眾幾乎全然陌生的行業，想必萬事起頭難，實際碰壁的機會一定比想像的多。但沒有跨出第一步，後面的文學服務也就無從陸續推出。因此，在走上文學謀生這條路上，總得找到一個起點，使它有好的開始。而這勢必是從身邊親友的義務布置作起：先完成一些樣本，然後才據以為向其他業主推銷，而逐漸取得所要的商機。

　　縱是如此，這種商機的取得，只是為維持基本的生計和運作不輟，而不同於現有的商業行為。現有的商業行為，都

即使是一間補鞋店也可以推介它接受文學服務而立顯質感

要考慮終端的消費，而利用強勢的行銷爭取市佔優勢。也就是說，它得挪出相當比例的利潤用在行銷上，而後立足於市場，繼續研發耗能的新產品，不斷地推銷給消費者，以便穩定企業的營運和壯大企業發展的規模。這也就是長期以來由西方社會所帶動全球化的資本主義邏輯，它只會導致能趨疲危機的深化而迫使地球走上萬劫不復的末路。我們看今天提倡綠經濟甚力的像中野博所撰《從藍海到綠海：報恩與施恩的新經營方式》，也還是不免在迷戀一個「不知伊於胡底」的創價觀點：

> 實際上，消費者和你一樣都生活在人際關係中，現在的消費者看法多少都受到結構鬆散的社會群體的影響……我認為當中的關鍵就在於品牌分享的核心，就是希望能夠跟其他人產生共鳴的渴望……消費者在加入社團後，才能夠協助或賦予品牌意義，並擁有個人期待，不久之後甚至可以創造出具有文化意義的時代。

問題是所有涉及品牌的創新都是以掠食為現實前提的。正如維葉特‧韋勒摩《偉大的企業家都嗜血？：從掠食者到商場英雄的成功之道大揭密》所說的：

> 通常是掠食使創新成為可能。現今最富有的法國人阿諾特的專業歷程就充分證明這個論點。身為家族企業的繼承人，阿諾特趁紡織業於法國衰落且法國政府無力保障紡織就業之際，大肆以低廉價格購併資產。後來他以這些「趁人之危」取得的資金發動一場法律及財務戰爭，而取得LVMH集團的控制權，進而建立一家生產複合產品的跨國公司，旗下包括

迪奧、軒尼詩干邑、瑪喜爾香檳和LV。

這種掠食的極致，依奈伊（J.S.Nye）《權力大未來──軍事力、經
濟力、網絡力、巧實力的全球主導》所說，就像當今的美國絕不放
棄在經濟和科技等方面領先世界各國而維持它的霸權：「全球化帶
來科技能力擴散，而資訊科技可以讓更多人參與全球通訊，因此美
國的經濟和文化優勢將不如本世紀初那麼佔上風。但這並非衰落。
美國不太可能像古羅馬那樣衰亡，甚至也不太可能被任何國家超
越，包括中國在內。二十一世紀的前半不太可能成為『後美國世
界』，但美國的確要開始適應『他者的崛起』（包括國家和非國家
行為者的崛起）。美國需要巧實力戰略及強調同盟、制度和網絡的
論述，才能因應全球資訊時代的新情境。簡單的說，為了在二十
一世紀達致成功，美國必須重新探索，如何成為一個具有巧實力
的強權。」這種霸權所伴隨著的對他國的干涉，早就使它變成喬姆
斯基（N.Chomsky）《恐怖主義文化》所指的最大的恐怖主義國家
（近半個多世紀以來，美國在世界大半個地區動輒訴諸武力而受害
者不計其數）。再說這類品牌的創新是要付出昂貴代價的，而且經
常得軋進「強取豪奪」的漩渦裡。如上述維葉特、韋勒摩書所接著
說的：

> 我們很難將「創新」列為事業成功的主因：創新非常昂貴，
> 牽涉太多未知，而且只會在長期帶來財富。唯一能從創新獲
> 利的人，是擁有資源而能資助及掌控創新者。在非繼承的情
> 況下，要籌措創新的資金，你非得投入掠食行為不可。掠食
> 讓創新得以實現。強取豪奪，跟財富的創造、新公司和新經
> 濟菁英的出現息息相關。商業，尤其是最不公平、最有利可

圖的商業類型，可說是技術發展的花朵成長的土壤，是效率和效益增長的基石。

反過來，無利可圖的創新就會被擯棄而形成另一種「創新資源」的浪費。這有個明顯的例子，就是太陽能發電的創新開發。它原頗被看好，但結果卻讓人覺得形同兒戲一場。如羅吉斯（E.M.Rogers）《創新的擴散》所指出的：「近年來，美國政府大力鼓勵太陽能發電，美國總統也在『百萬用戶裝設太陽能發電設備鼓勵方案』上公開提出：到2010年，使用太陽能的用戶要達成一百萬的目標……然而，擴散學者凱普蘭全國性的調查發現，雖然大部分能源公司主管都握有大量太陽能發電的資料，但只有2.5%的公司使用這項技術。形成這個KAP斷層的原因之一是，太陽能發電本身並不適合當前環境：『太陽能設備是由分散的配件組成，所以它很容易和集電主架失去聯繫。』事實上，能源公司主管應該採用太陽能發電裝置的，但他們並沒有這樣做。這些潛在接受者對這項顛覆性技術的創新擁有專業知識，卻無法實際操作經驗。因此，創新愈激進、愈顛覆，跟現有經驗愈無法相容，它的接受也愈緩慢。」這裡就潛藏有很嚴重的觀念病：不斷創新以滿足世人的需求兼牟利致富，而整個過程就是資源無限的投入或虛擲而造成能趨疲益增的壓力。可見一旦卯上競相牟利的行列，人類就會像現今這樣拚命在紅海裡廝殺，而非得把地球的資源窮耗到一滴不剩不可！反觀文學服務，不會是這副德性；它的無從複製性（非產業化）以及消費者主要是業主（非產品的耗用者）等，都不可能讓從事此一工作者獲得暴利。因此，他只能以精緻化的作法，尋求一種共議諧進的商機，寄望在合理報酬的範圍內延續一個文學淑世的偉業。

至於尋求商機的方式，仍然要以參與「逾越分寸」的耗能為

戒，不強為依賴科技，也不像企業那樣猛打廣告（二者都會讓文學服務失去意義），它僅靠口碑和適度的人工宣傳來爭取大家的認同。此外，只要不違背淑世的初衷，其他可能的推銷手法也都無妨一試（諸如置入性行銷、印製小冊子宣傳和舉辦觀摩會等），畢竟這也是在求生存，案子太少服務就會自動終止。而由於文學服務對象的開展，可能遍及室內外動靜態文學裝飾、手工藝品／食品結合文學的開發、文學沙龍的營造和其他行業的動靜態文學美化等，所以整體上這一靠文學謀生的策略是可以維持下去的。換句話說，它的商機就在有心人的宏觀和勤勉中；而還在觀望的人，是不可能僥倖獲致的。

2.培訓人才延續及推廣相關經驗

藉文學服務來謀生的可長可久，基本上還得靠培訓人才以為延續和推廣相關經驗。這可想而知，作為一個新興的行業，當它的業務量增加以及有新的變數產生而恐怕因應不及等，就得有多一點的人來襄助且另具隻眼觀察裡頭細微的變化。因此，在走向終極的文學謀生的道路上，培訓人才的計畫也要納入行程中。

這項計畫，不僅是為了文學服務工作的堆動，它還是有為了別為擔負文學啟蒙的任務。以目前的情況來看，我們對於世人的文學感應還不能太過樂觀。如在國內，不就有一位前中央研究院吳姓院長，在一次受訪中表示他向來都不看小說，因為小說的情節纏來繞去，看著就厭煩。他是物理學家，把線性的理性思維加在非線性的感性思維上，而得出小說不值一顧的結論。理性至上，使他少了許多樂趣。還有一位黃姓著名小說家，應邀到人家辦的詩歌節談詩，在秀了他自己的兩首極淺白的詩作後，就大發議論說詩應該要寫得讓市井小民都能懂，否則就不算是詩。這是強不知以為知，根本還

沒見識到詩自古以來都被視為文學中的貴族，必須高度反熟悉化才
能維持住它的特質。倘若詩淺白化了，那麼它就跨向散文而不能再
稱為詩，可見黃姓小說家的腦海裡有一道深深的觀念的溝壑。

　　又如在國外，類似上述這種對文學蒙昧或只是嚐一臠而不知全
味的例子，也比比皆是。即使是身為編輯人，也未必都深具文學欣
賞的能力。且看柏納（A.Bernard）編《退稿信》所列一些編輯人所
寫的退稿信：

> （給賽珍珠〔P.Buck〕的《大地》）遺憾的是，美國大眾對
> 任何有關中國的事物都沒有興趣。

> （給福克納〔W.Faulkner〕的《聖殿》）我的老天爺！我們
> 不可能出版這本書，否則我們只好相約牢裡見了。

> （給海明威〔E.Hemingway〕的《春潮》）如果我們出版這
> 本書的話，先別提會不會刻毒傷人，別人光是用「品味差勁
> 無比」來形容我們就夠了。

結果是那些被退回的書稿，在作者另覓出版機會後，跟他們其他的
作品一起都獲得了諾貝爾文學獎，不啻成了對編輯看錯眼或缺乏鑑
賞力的一大諷刺！因此，試想沒有經過文學啟蒙的歷程，文學服務
如何能順利的推動？

　　通常所謂的啟蒙，在西方世界被提到時，特別是指人的理性
或自主意識的滋長，為的是要擺脫純感性的野蠻狀態或為神意志所
籠罩的非自由困境；而在東方，並沒有那麼複雜，它只不過是指要
從童蒙轉向有德能的成人或能自生渡筏的智慧而已。現在再用這個

文學啓蒙也許要從類似候車亭這種公共空間的文學裝飾開始

詞，並不特指上述這些意涵，而是儘就類似還沒有萌芽的草木使它開啟生機這種情況而說的。這麼一來，文學啟蒙約略就得有一個可以掌握的架構讓它去展衍旅程。

首先，依人類的經驗歸併，可以得出知識經驗、規範經驗和審美經驗等三大類型。當中知識經驗，有真假可說；而規範經驗和審美經驗，則分別有善惡可辨和美醜可感。而以文學來說，它是用語言（文字）組構成的，既在傳達情意，又富有道德理念，再總由比喻或象徵技藝綰結為美感元素，以至它的存在就在知識經驗、規範經驗和審美經驗的交集裡。如圖所示：

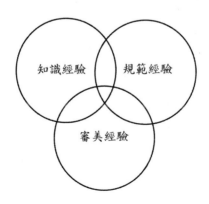

這是文學啟蒙的第一關，得知道怎麼有效的區別於非文學，而讓文學悠然的浮現，才不致執著於真假或善惡的判斷，而忽略了美感方是文學存活的關鍵。

　　其次，由於文學多了一個審美經驗，所以它就殊異於其他同為語言組構成卻只涉及知識經驗或規範經驗的學科。因此，在品味文學作品的時候，這個進趨式的流程就得充分把握住。好比納博科夫（V.Nabokov）《幽冥的火》小說中有這樣的詩句：

　　　　我最喜愛的時候是清晨；仲夏則是
　　　　最喜歡的季節。有一次，
　　　　我偷聽自己醒來，半個我還在沉睡。

那一「我偷聽自己醒來」，就至少含有四層由淺入深的意思需要理解：第一，它隱喻人有後設察覺的能力（不直說，才為文學）；第二，將「聽」／「醒來」兩個不同的範疇並置以產生「舊詞新用」和「靈肉分離」（由靈中的「識」在察覺）等可感的東西；第三，偷聽自己醒來，好像發現了天大的祕密，「快悅」會傳染給人；第四，「聽」的奧妙，經驗可以內化（如「聽蝸牛在傳達什麼」／「聽水在唱什麼」／「聽那對不講話的小情侶在嘔氣什麼」／「聽我便當裡的雞腿在抗議什麼」等）。這一理解，就同時關連到了知識（「聽」的經驗可以內化）、規範（「快悅」會傳染給人）和審美（隱喻技巧和意象翻新）等經驗，而都由審美成分來總綰領航（也就是沒有隱喻技巧和意象翻新，就不會有那些知識成分和規範成分的蘊涵）。又好比我的一首短詩〈小象徵〉中有兩句：

　　　　玫瑰爬上牡丹的枝頭

這曾有我一位朋友將它解讀為是在隱喻女性的嫉妒心理；而我則會將這種意會的合法性用來賦予更高層次的「主權宣示」的意蘊（也就是你牡丹固然高貴，但我玫瑰也是骨碌碌很有個性，根本不必對你卑躬屈膝）。此外，這還有「同化別人，徒勞無功」（對方既然是牡丹，任你再怎麼給它改造表象，骨子裡它還是牡丹）的徵候和「要霸凌別人，自己得先付出代價」（正如玫瑰在強要牡丹變性的同時，也得先損失自己身上的刺）的暗示等。所備有的知識經驗（霸凌本身就是吃虧）、規範經驗（別想同化別人）和審美經驗（宣示主權或心理嫉妒有意象在隱喻）等，都如同所示範的自我印證了。

再次，在我們能夠辨認文學的獨特性，以及知道怎麼著手理解它的知識／規範／審美向度後，最重要的如何將它轉來解脫生命和昇華美感，也就得一併予以銘記，而真正的使文學在我們生命裡沉澱，並且隨時知所外發而應付人生的苦難兼挽救世界的沉淪。正如上述所引納博科夫詩中那一「聽到自己醒來」意象的創意表現，就可以藉為內化經驗（就是上面所說的「聽蝸牛在傳達什麼」／「聽水在唱什麼」／「聽那對不講話的小情侶在嘔氣什麼」／「聽我便當裡的雞腿在抗議什麼」等），而開啟對宇宙萬物同理心的關愛，從此不再有殘殺和爭伐。同樣的，我那兩句詩所見略顯新穎的「玫瑰給牡丹種刺」意象，也可以引為戒惕（也就是上述所說的「別妄想同化別人」／「霸凌本身就是吃虧」等），而重新思考自我所屬文化傳統內蘊的「絡結人情／諧和自然」的倫理真諦，並且起而行動。

所謂文學啟蒙的實踐，大略就在這個範圍內。而它的持續發皇，則是到了轉創作來自我高華和渡化他人的最終階段（渡化他人

有別於同化他人，它只是引導大家試為同趨，肯否由人而不帶強迫性）。顯然這一旅程，勢必是文學服務在培訓人才上所要經歷的（不然大家在一處打混仗就沒有意思了）。而有關人才的招募和甄選，也是針對他們有沒有這方面涵養的企圖心，然後再透過各種管道（如提供閱讀書籍、舉辦研習會、聘請文學專家蒞臨講演和境外參訪等）栽培足以擔當大任的人才，庶幾文學服務的品質才能夠不斷提升。而因為文學服務有過程修繕及不定期更新這一關，所以它的「日趨精緻」也會跟培訓人才的強化同步。這是帶頭要以文學謀生的人所得衷心期許的；否則相關經驗就難有延續和推廣的一天。

3.將成果發表出版便於促進整體生活環境和人心的美化

有了服務成效能夠向業主推銷來尋求商機，並且也有計劃的培訓人才以延續及推廣相關的經驗，剩下來所可以做的就是將成果發表出版，而便於促進整體生活環境和人心的美化。這就是說發表出版文學服務的成果，將是走向終極的文學謀生道路的最後一道程序。它雖然未必要成真，但假如能實現，總是對促進整體生活環境和人心的美化有加分的作用，畢竟這樣做更有機會普遍被觀摩仿效而得著實質的效果。

這裡所謂將成果發表出版，也是一個只利用現有的媒介而不別為增設或更積極於謀求商機的做法。現今有經紀人制度和商業炒作等在操縱文學成品的發表出版（如預付版稅或暢銷書排行榜的操弄之類），高度參與了資本主義邏輯的運作，已經不是在保障基本的文化命脈的衍展，而是專事於牟利；這只會深化能趨疲的危機，而對人間社會的永續經營不會有正面的促進功能。換句話說，發表出版文學服務的成果，僅是為了經驗傳承而不盲目搭上企業營運的列車。這是目前尚有傳播媒體的「順勢微從」，獲益與否順其自

然；不然就當停止這一切可能的耗費行為。

　　有關文學服務的談論到此地，無乃已經在呼喚一幅可以憧憬的「文學烏托邦」的圖景。原來烏托邦（Utopia），是源自西方理想國的設計觀念，它內蘊有創造觀型文化傳統為媲美上帝國的舉措旨意，相關的構想或理念源遠流長。正如巴森（J.Barzun）《從黎明到衰頹：五百年來的西方文化生活》所說的：

高雄美術館旁邊候車亭所見短小文句竟是難得（可以瀰化）

> 烏托邦一詞，係湯瑪斯‧摩爾爵士以他的同名著作自創……他從希臘字根「烏有之鄉」造出此詞，從此在所有語言裡面都代表專為形容理想國度的一類著述……書寫烏托邦，是一項西方傳統，不僅直接描述理想的國度，也以其他文類展現。

至於它的實質內涵，根據柏拉圖《理想國》、摩爾（T.More）《烏托邦》、莫里斯（W.Morris）《烏有鄉消息》、赫胥黎（A.L. Huxley）《美麗新世界》、凱特布（G.Kateb）《現代人論烏托邦》和諾齊克（R.Nozick）《無政府、國家與烏托邦》等書所述，涉及了共產、共妻優生、去階級、甚至保障所有人「各得其所」等想望，也都一直留在有創造意識的西方人的腦海裡。現在但取它的「理想」義來形塑這一文學服務未來的景象，所準則的是文學服務成果發表出版的恆久性、文學布置的普遍化和文學的純化等期待。

在過去任何一個時代，都沒有像現今全球化這樣「短線操作」文學作品的發表出版，它可以經由經紀公司僅以寫作大綱就向出版社索取高額的預付版稅，然後出書（或未出書）再透過版權交易向全世界推廣，極力推銷而謀得暴利；同時還有經銷商和出版社利用產業鏈聯合打造貴族圈而角逐暢銷書的冠冕，全面壟斷書市。在這種情況下，我們只會看到紅海拚搏，而感受不到一絲溫暖的氣息。因此，文學服務成果發表出版的恆久性期待，就是寄望另類的「長尾效應」，目的是要令人感念。它也許會出現類似彌賽亞編譯《猶太人商學院》所記載這種「出清存貨」的促銷方式：

> 一位猶太出版商有一批滯銷書，當他苦於不能出手時，一個主意冒了出來：送總統一本，並三番兩次去徵求意見。忙於政務的總統那有時間和他糾纏，就隨口說：「這本書不錯。」於是出版商就大作廣告：「現在有本總統喜愛的書要出售。」因此這些書很快就銷售一空。過沒多久，這個書版商又有賣不出去的書，他就又送了一本給總統。總統鑑於上次經驗，想奚落他，就說：「這本書糟透了。」出版商聽聞，靈機一動，又作廣告：「現在有本總統討厭的書要出售。」結果沒想到又有不少人出於好奇爭相搶購，書又銷售一空。

但整體上它不宜自我違背初衷去跟人家搶奪市場（包括製造機會凸顯自己而壓抑他者和採用無所不用其極的方法行銷等）。這種文學烏托邦固然理想了點，但它卻離早已消逝而弊病較少的傳統最近。如今這一形同對它的召喚，正好可以給人重新懷想的機會；並且它因為最少耗費資源，所以能夠維持比較長久的運作。

此外，對於文學布置的普遍化和文學的純化等期待方面，由於有溢效應的可能性，所以前者只要有心不斷地實踐和推廣，文學烏托邦就不會是空想。至於後者，則是整個文學服務的核心（否則攬入非文學或准文學就沒意義），它要在文學布置中落實，也得在相關成果發表出版的過程裡熠熠發光；而所不能免除的理想性，則在於對無謂逸出的管控。我們知道，文學的觀念在西方，依照伊格頓（T.Eagleton）《當代文學理論導論》的描述，長期以來不但包括莎士比亞和米爾頓的作品，而且還擴及培根（F.Bacon）的論文和鄧恩（J.Donne）的布道詞，以及笛卡兒（R.Descartes）和巴斯卡（B.Bascal）的哲學著作等，幾乎是無所不包。而這最好的檢證，則是二十世紀上半葉諾貝爾文學獎頒給了史學家莫姆森（T.Mommsen）、哲學家奧伊肯（R.Eucken）和柏格森（H.Bergson）及政治家邱吉爾（W.Churchill）等，顯然這是把廣義的人文學當成文學。一直要到二十世紀後半葉受形構主義的影響，大家才逐漸轉向以語言組構的特殊性來區別文學和非文學。相對的，在中國傳統上，文學的觀念也幾經更迭。它從「文章博學」義慢慢轉為「文飾之學」義；而到現代跟西方文學遭遇，才又有專門以比喻或象徵技巧撰作的作品的稱呼。所謂文學的純化，就是要以這最後一個階段的發展為準的。它毋寧還會是個文學烏托邦（知道認同的人依然是少數），但不這樣設定追尋的行程，恐怕連可冀望的文學淑世的理想也要無疾而終了。

文學服務終究要結穴於這一文學烏托邦，所精心努力的才有真正的成就。縱是如此，它對於接受仍舊有著疑信參半的不確定感。好比夏提葉（R.Chartier）《書籍的秩序：歐洲的讀者、作者與圖書館（14-18世紀）》所引述的「寫作就像是一種聚積、儲藏的事業，企圖透過建立自身的產業，並以不斷生產的擴張策略壯大規

模，以抵擋時間的洪流。而閱讀則未採取任何手段來抗拒時間的沖刷，也未曾，或者僅在相當細微的程度上，保留它所攫取的東西。隨著讀者一次又一次的入侵，寫作的產業就成了一個又一個的失樂園」，爾後文學烏托邦的實現，會不會也成了另一個失樂園，這就難以想像了。不過，從過程追加的宣導和理該寬容的角度來看，文學服務這項志業還會是希望無窮且不乏樂趣的，實在不必為某些可能的挫折而興起絕棄的念頭。

六 文學服務實際的案例展示

　　本論述從「在後全球化時代想文學」開端，經過「文學啟動用來服務社會的新契機」的發微，然後到「文學服務的策略」的揭示和「文學服務的具體作法」的提供，最後歸結為「走向終極的文學謀生的道路」，已經自成一套有關文學服務的理論規模。這套理論規模，既是一種新學問形態的完成，又是後全球化時代生活轉向而指引實踐的前導，合而體現為對必要緩和能趨疲危機的最新關懷。

　　由於理論本身已蘊涵了踐履的可行性（否則就不算是有效的理論），所以它勢必要關連現實且也是可以實踐的。換句話說，理論是為了實踐而存在的，它如果不能在實踐中起有效指導的作用，那麼就不知道它的存在有什麼意義。這乃根源於理論是一套後設說詞，目的在於說解事物、定位事物和指引事物運作的方向等。因此，理論除了是在說明抽象的形上原理或認識條件或邏輯規律（這些都是事物存在的前提），其餘都得直接跟具體的事物有關。同樣的，本論述所鋪展的這套理論規模，也是為了有效引導文學服務而存在的。而這雖然在論述的過程中早已有隨機舉示實例，但總不及在這最後集中展示幾個案例來得「完整」可看，以至又有「文學服務實際的案例展示」一章續末來略為總結自我理論建構付諸實踐的成效。

　　不過，後面各節所展示的並不是同樣完構的成品，當中固然有「既成功布置又持續在維修的例子」，但也有「本有機會完全落實的例子」和「已成形且可以落實的構想的例子」等。後二者是基於一個隱藏性的「阻力」變數而設定的，先自我剖白，以便提供所有

仿效踐行的借鏡。換句話說，文學服務並非每一次第都能順利成行，倘若沒有充分的溝通和取得信任，那麼它很可能是一廂情願或會半途夭折，而這正是第四章要提示說服業主接受服務的緣故。案例中「已成形且可以落實的構想的例子」如要啟動，事涉複雜（校內得先有人或單位提案，經過校園規劃委員會的審議通過，再送到校務會議備案，才能執行），不是個別人想要怎麼作就能實行。但這並無礙整體構想的提出，也許那一天對方想通了而前來求助，它就可以派上用場（一樣的，如有學校要跟隨，也可以依便參照）。至於「本有機會完全落實的例子」，則是一時高估了業主的認同度，馴致功虧一簣而留有些許的遺憾！但由於它的規模已具，依然有「顯樣」的價值，所以就備著讓它自成一例。

1.已成形且可以落實的構想的例子

　　我在臺東大學教書，整整十六年，眼看著委屈在市內破落的舊校區，換成位於知本近六十公頃的新校區，原以為會有完美的校園規劃，可以讓師生和來賓賞心悅目，孰料人事多變，施作諮詢不足，不但硬體建設難顯特色，連美化工作也遲未展開，致使偌大的校區沒有一點懾人的氣派以及足夠讓人流連讚嘆的景觀。

　　對於已經完成卻不夠美觀的校舍，只有透過文學布置來補救，這是我幾番審度情勢所醞釀的信念，只是沒有什麼機會表達；偶爾在私下場合跟學校主其事者提起，對方也僅是禮貌性的附和，並未實際採取行動。因此，在這裡只能先將

臺東大學新校園正有待文學布置來美化

當初的構想一一的披露，以見一個大規模文學布置可能的樣態。

　　先從學校的門面談起。在入口右側警衛室的後方有一堵牆，牆前矗立著一座假山，周圍植有花樹。這因為是走近校園最先映入眼簾的，所以應該有典雅的文句嵌在牆上（而不只是目前所見「歡迎蒞臨臺東大學」這種制式詞語），再搭配一些短詩或警語置於假山，以便可以吸引大家的目光。至於進入校門後（學校並未設立牌樓圍牆，校園是敞開型的，門口只用柵欄管制車輛出入），立刻會看到一顆刻著「公誠愛嚴」四個大字校訓的巨石，那是校友王任生捐贈的，據說造價新臺幣一百萬元。學校僅以小花圃襯托，甚為可惜；它理當再置放小石群做成造型，並且題上相呼應或讚美性的詞句，免得後面一大片空蕩蕩的草皮益發凸顯那顆石頭的孤立醜狀。

　　再來是狹長且呈折射狀的人文學院大樓。它本該是最有文學氣息的地方，但現在看來卻「一應俱無」。我的構想是，它前後都有步道，步道旁邊種著花草樹木（後面的步道還有一長列的苦楝樹陪襯），很可以另添文學作品來讓它「頓生風采」；布置方式或採嵌石半埋，或採立牌錯置，或採間隔疊景展示，總要做到能夠引大家來佇足賞玩為最終考量。此外，在正門口那片廣場兩側，也可以比照增加文飾；而教室側面牆上僅布置余光中的一首〈臺東〉詩，不免單調無味（余詩先經報紙副刊發表過，整首全是調笑語，詩質淡薄；但學校請他來演講並藉此詩以光門楣的潤筆，就所費不貲，更別說還請廠商訂製鑄在銅板上了），不

巨石矗立如有文學作品配置會更具價值

如乾脆讓它變成詩牆，徵集更多的詩作充實，才能挽救那首短詩的突兀平凡。至於大樓的走廊、布告欄、樓梯、教室、研究室和電梯等，也都需要騰出空間讓文學進駐，以固定或活動方式布置具有學院或系所特色的作品，那包裹式且稍嫌昏暗的內部陳設才有機會活脫生輝。

單詩孤寂不如增衍為詩牆

其他如行政大樓、教學大樓、圖資大樓、師範學院大樓、理工學院大樓、學生活動中心、宿舍和餐廳等，情況相仿，也都有必要跟著用文學來美化，才庶幾可以減輕整體偏灰色調所帶給人的沉悶感。

最後是小湖和運動場。該湖曾經過徵文票選取名為鏡心湖，常有水鳥飛至戲水，但因為它位在邊側，不利師生前往徜徉遊憩。倘若要改善這種幾近閒置的缺憾，最好是把湖周圍的步道整修得漂亮一點，然後在涼亭和步道上間設文學區，以木板或大理石板製作或立或臥布置，並搭配植栽雙重美化。由於湖淺不能划船，而少了在夕陽餘暉或銀色月光下泛舟的浪漫畫面，這不妨請人特製兩三艘小木船繫在岸邊，任由湖水輕蕩，定能憑空生出一分增人遐思的姿采。還有所布置的文學作品，得儘量針對此地的景象，或詠嘆或寄情，除了可以跟四周環境相互輝映，又能夠留予人略帶尋幽訪勝的逸趣，它的命運才有可能改觀而成為校內大家最愛的去處。至於擺在校園最邊緣的運動場，平常都是冷冷清清，似乎沒有什麼人願意徒步到那裡被空曠和寂寥包圍。因此，它的文學布置宜採大塊式的（或豎立矮牆或堆垛石塊鑲嵌），並且數量得特多，以便能夠融合平衡那邊蕭颯或肅殺的氣氛。

清幽湖境更須文學裝飾來添加風華

　　以上都是屬於靜態的文學裝飾。因為它空間大且館舍性質不一，所以要統籌策劃和分項策劃並行。前者負責整體規劃和擇取顯眼位置新創作品或徵集作品陳設；後者則委由各行政單位和學術單位協力就責任範圍依需布置自創或徵集的作品，合而完成初期的文學裝飾。爾後再視情況，更新或汰換部分作品（畢竟師生來來去去，總得讓後至者也有機會表現文才而實質參與校園的美化工作），而使學校隨時處在深具美感活力的情境裡。此外，如果還要增添動態的文學裝飾，那麼除了將校內原有定期不定期舉辦的音樂會、砂城文學獎、戲劇表演和詩歌朗誦會等設法讓它們加碼演出（如擴大規模和提供跨單位合作的策略等），還可以把臺東詩歌節一類的活動引進校園，安排詩人們即興創作的時段，然後提供專區布置他們的創作成果，或者兼行出版專輯而廣泛流傳，遠比曾有過的類似活動都在校外辦理（如我參加過的第一屆、第二屆和第三屆臺東詩歌節都由華語文學系策劃舉辦，前者在臺東故事館，後二者在鐵花村，都沒有把資源帶進校園內）且僅由各地來的詩人朗誦或演唱自己的作品要來得有意義。

　　其實，相關的點子還不止這些。像人文學院四年前大手筆製

作了國內第一齣原住民歌劇《逐鹿傳說》，還北上國家戲劇院和臺中市演出，轟動一時，讓我想到這不妨順勢成立原住民小劇場（也可以跟原住民電視臺合作），專門演繹後山傳奇，而使它搏成學校的一大特色。先前我就建議過華語文學系發展「臺東學」，出版專著，但他們勉強擠出了兩輯就後繼乏力，至今一個攸關新學術文藝生態創建理想還懸空在那裡；不然學校早就新添了一項動態的文學裝飾。

又像校園毗臨周遭的自然環境，經常有毒蛇出沒（已經發現的有赤練蛇、龜殼花和百步蛇等），總務處的作法是撒石灰和雄黃，或請消防局派人來捕捉，但效果並不顯著。我覺得老是用驅趕的方式不是上策，應該敦促人文學院舉辦一場動物嘉年華會來歡迎牠們共處一個校園（還有其他動物也都聚集過來此地），因為這裡本來就是牠們的棲息地，現在因為自己的方便而要強勢驅離牠們，於情於理都說不過去。但當我把這個構思告訴一位正在積極於撲滅毒蟲的許姓總務長，專長在自然科學的他彷彿將我的話當成天方夜譚，全然無動於衷。為了說明這可能會有意想不到的好效果，我還以我的兩次奇遇相告：一次是有一年寒假，我正要趕去跟研究生討論論文寫作的事，剛出門就遇到一條蛇竄上宿舍二樓的走廊，我來不及理會，就匆匆離去，而後連著幾夜都夢到蛇。夢中有驚險的鏡頭，也有滑稽的畫面，卻百思不解如此夢境的由來；一天忽然想到蛇也許是來討詩的吧，因為我給許多動物寫過詩，獨獨遺漏了蛇。於是一首〈蛇夢〉就這樣完成了：

　　冬末小陰天
　　一條蛇爬上宿舍二樓來觀光
　　在平滑的地板蠕動遇到我

承牠禮讓我先逃竄
從此夢中都是蛇

像電影裡的巨蟒
一邊覷我一邊自個兒划龍舟走了
還纏在樹上的沒空做夢
鼓著小腹吸星星
戰慄掉了滿地

戴眼鏡的突然昂首
阻擋我的去路
前後左右還有不戴眼鏡的盤踞
溜走一條又來一條
我困在蛇的世界直到醒來

跨過田埂
要數踩不到蛇的節拍
漆黑中還有整窩
黏黏的空氣
正在販賣牠們的吐納

以前懷疑
蛇飛不上天當龍
才在夢裡夢外找人威嚇
現在又知道
威嚇完了的蛇要給一首詩補償

此後，夢裡就不再有蛇。另一次是在2009年元宵節前夕，臺東街上鞭炮聲此起彼落，我一個人獨自走在海濱步道上，夜空中皓月周圍突然出現罕見的曼荼羅式光圈，內層白色，外層彩色，似乎是專為我布置的。我邊走，它還邊變換花樣，一直到回程它才慢慢散去。有感於這段際遇，因此又有了題為〈獨享一輪明月〉的寫作：

傍晚帶著涼風去散心
走過海邊一條熟悉的步道
濤聲已經停掉了冬天的嘶吼
返鄉的遊客也不再喧嘩海岸的邀約
寂靜中我抬頭遇到一皇圓圓的月

夜幕緩緩地從對面的山頭爬下來
包裹住一片墨藍的氤氳　頃刻
長空飄綴著的雲絲聚漫到了月的上方
光暈忽然彈調渲染成彩色的荼羅
一圈銀白推著一圈清紅
外圍還有碧綠和橘黃

繼續往前走
隱遁的足跡都纖纖的尋找故事去了
月越發光亮的照喜滿地
荼羅瞬間轉成純白浮浮的
再踅過一段路
回望又斂出一小圈一小圈著色的新暈

岬角的盡頭有歌喉傳出纏纏的
敢情不是要讚美　再過去
黑黑的深處藏了海天無聲的共鳴
它們合力捧出一輪明月徐徐的
還沒有驚見喝采

憐惜不能戲耍
月會變成暖暖的
風來雲散去星星露臉寒寒的
光輝灑在身上有點冷
今天是元宵節前夕

　　我在想萬物有情，只要友善跟它／牠們相處，所獲得的感應回報也
會出奇的諧和美好，實在不必透過強逼的手段來製造無謂的衝突。
無奈那位總務長感受不到這種「天地與我並生，而萬物與我為一」
的古老智慧的必要伸展，徒然錯失了可以迴向給天地萬物的仁德
蓄積。

　　在我的計議中，該動物嘉年華會是要跟文學布置連動成就的一
次創舉，一旦成功了，不僅會給學校帶來實質的益處，還能藉機推
廣作為其他學校或文化園區仿效的範本，從此大家可以看到文學更
大的解脫生命和昇華美感的功能。而可能的作法，則是商請各學系
施展所長來共襄盛舉，如美術產業學系貢獻繪畫和雕塑，將成品集
中陳列在人文學院川堂和廣場；華語文學系創作詩文，把作品分散
布置於人文學院一樓走廊；音樂學系準備歌唱和演奏；英美語文學
系排演戲劇；身心整合運動休閒產業學系編練舞蹈；公共與文化事
務學系負責海報宣傳和庶務工作（其他學院如有意願參與的，則別

為安排可責成的項目）。活動以兩週為期，先展出文學和藝術作品暖場；到了最後一天，再舉行一場盛大晚會，委由公共與文化事務學系主持，會中有歌唱、演奏、舞蹈、詩歌朗誦和戲劇表演等用來讚美歌頌動物們，大家一起歡迎牠們加入這個大家庭，也希望牠們謹守和樂相處的原則，活動或遷徙自由，但千萬別動不動就冒出來嚇人。事後整理相關的成果，出版專輯，並運用現有設備將錄影燒成光碟附上，隨機流傳，完成一次第殊異且深具意義的動態文學裝飾。

2.本有機會完全落實布置的例子

在臺東市區有一條老街，寬度大約僅供兩輛小客車交會。街道兩旁，有旅館、小吃店和民宅。比較僻靜的這一端，矗立了一棟三層樓高的仿歐式建築，牆面全部漆成米黃色。一樓是咖啡店，二、三樓經營民宿，店招用一小塊鐵片懸掛在門口，沒有仔細看，還看不出來上面有白色油漆書寫的店名。

經友人簡齊儒教授介紹，這家店的咖啡是她所喝過數一數二的。2012年11月下旬，終於有個機會偕她進去品嚐，親自見識它的特殊處。

業主是一位中年女性，她獨立顧店，沒有任何招呼語言，只略帶微笑的讓我們「自助」點餐。我和簡教授各點一杯哥斯大黎加的拉米妮塔，外加一份精緻蛋糕。業主似乎是依例讓我們先聞香，再拿回去研磨。咖啡端出來，小小一杯，顯然只夠輕啜，而不能牛飲。

咖啡清香、甘美，的確不同凡響。當時店裡還有一位客人，我乘機略為瀏覽室內的陳設。扣除後面的樓梯、間隔的化粧室，還剩十坪大，但吧檯、烘培機、研磨機和咖啡豆架等，卻佔去了三分之一，其餘空間有點擁擠的擺了一張漂流木切出的小長桌和六張加了

玻璃墊的小方桌。上頭有六盞球形的吊燈，柔和的金黃色光線輕灑著，有點跟別處不一樣的靜謐感。

隱藏在臺東老街的咖啡店

我們沒有追問它的歷史，只覺得室內的布置僅限於咖啡的海報和雜飾，襯托不出它是一間有格調的咖啡店，所以就跟業主建議加入文學布置，讓它多一份藝術美感。她彷彿聽出了興趣，還主動詢問某些空白壁面要怎麼利用。由於有她的默允，所以我們就決定幫她設計看看。

回來後，我馬上打電話給友人王萬象教授，請他撰寫一首嵌字詩，準備作為奠基作品；而我則負責吧檯和桌面詩文的初度規劃；至於簡齊儒教授，原有意請她採訪業主寫一則二、三百字有關咖啡店的故事，但因為她事忙不敢勞煩，僅請業主自己敘述，並告訴她這是要作成海報，擺在店裡最醒目的地方。

經過一個多星期，王教授的古典詩出來了。他配合詩選課授徒，一共寫了十首。我挑出三首，除了所期待的那首嵌字詩，當中還有詠湖和鐵道的在地詩，也很合適搭配照片來布置。由於那些詩，寫景、意境俱佳。預計第一首要配合兩張咖啡店的照片、第二首和第三首要配合鐵道和湖的照片，把它們裝在厚紙板作成的相框裡，以階梯排列的方式分別黏貼在外牆兩根柱子空白的地方，避免該處的單調無趣。只是請業主去選景攝影和製作相框，她遲遲沒有採取行動。

隨後我的詩文也都草成了，就跟王教授相約去咖啡店。我把整體的構思說給業主聽，她只微笑以對，不置可否。因為我們都還有

事在忙，不願拖延原先的承諾，於是就以最快的速度先完成吧檯和桌面的布置。

為了配合黑底白點長型吧檯的特性，我把店裡販售的咖啡寫成一首組詩，用細簽字筆抄在裁切的書面紙上護貝，讓客人可以一邊喝咖啡一邊欣賞，甚至當作選品的依據：

聽憑選擇
——咖啡與詩的交響曲

肯亞AA
來一趟玄奇的旅程
黑美人珍藏的心實有甜甜的酒香
給你全新水洗的口感

克里曼加羅AAA
爽快要奔回坦桑尼亞
吉利馬札羅山遲遲不肯拉高海拔
興奮留在莫希它想把火山喚醒
濃稠的油脂吐出狂野的香氣

衣索比亞耶加雪非
轟然一聲巨響
迸發綿長的檸檬和茉莉花香
嘴裡吞嚥福氣到鼻子

浦隆地AA

濃郁都賒給別人了
中緯度酸甜的餘韻自己保存
准許你攜帶巧克力堅果獨自去旅行
遇到來人記得問候一聲
沖泡浦隆地了沒

安提瓜

瓜地馬拉還在燃燒菸草味
它很享受三十年前活火山的警告
被薰嗆的漿果偷跑出來尋找私密救濟
贏得中美洲一座典型獎盃

薇薇特南果

雲霧迴繞微微
圈谷中長出苦中帶甜的滋味也微微
續杯想像高地的風光不微微

花神

獎杯給過了安提瓜
醱酵從瓜地馬拉重新布局出去
瓜果焦糖蜂蜜冷杉香氣一起呼喊藍天
勝利停在花俏多變的鼻腔
它正要經歷一場紅酒酸甜的洗禮

拉米妮塔

點你個冰冷如石
奉送清澈像風鈴聲的美譽
醇度是一杯太妃糖巧克力的獨特配方
極品來自世家的血統

哥倫比亞有機認證

博了許多的感情
終於把淺焙中焙的品牌刻成一塊碑
要你感覺通氣後強烈的吃驚

巴西天然漿果

滑溜的稠度給它保證新鮮的乾香
我的濕香討到了曼波微揚的檸檬酸
烘焙和天然劃一條線
獨佔或分享全憑杯子的裁決

曼特寧

聚集最新的青草香醇
重口味的老饕飯後品嚐一杯
甘苦人生都回天了

印度風漬馬拉巴

野性到街上來招搖
帶著土壤香熟麥香菸草香木質氣味
它要賣弄胡桃木率領的辛香

讓季節風乾漬的歷史凸出地表
宣告這不是調情時刻

曼巴

印尼曼特寧配巴西黃波旁
記得綜合特調的姿勢
甜順入口讚美得要滋滋有味

特調義式

濃縮的明亮鬆綁的多一份甘醇
摩卡拿鐵卡布奇諾有點就會應到
冷飲還讓你看美式和西西里的冰點
遇見耶加雪非也可以跟它哈拉

至於漂流木桌面，因為有一個手臂寬和可以對坐六個人，所以我以夾帶「咖啡情」的兩首詩採切半對列的方式併寫在A4的色紙上，同時也加以護貝，放在桌上供兩邊客人方便移動「互賞」：

對準頻率

一隻狗貪婪地磨蹭著那堵牆
行人讓開小小的通道給牠颺高的氣勢
來回又是一趟驚悚的緊貼
牠正在用身上的氣味粉刷牆角

隨後四隻腳慵懶的把背脊拱起

尾巴逐漸騙過股間的反動自己微翹
牠開始要監視風吹拂的去向
前面的巷弄剛好有陽光調剩的閒逸

寂靜從邊地濾漫過來
帶著午後空氣中輕輕跌宕的花香
尋覓到了盡處記憶發現
一杯咖啡的氤氳勾住我的相思

如夢令

看過海隱隱的怒吼
砂岩鋪成的步道終於可以長邁了
東來不就為了一次忘掉的喧嘩

卑南溪口幾時不再捲起黃沙
季節風的腳步成排的蓊鬱聽見了
只有一條亙古不動的巨龍自我藏進灰濛裡
它忘了觀望眼前兩座島嶼當期的領首

街道吃進緩緩的人潮
沒有吆喝從倉皇的嘴裡跑出來
輕盈後的漫步特許給你最新的消費
咖啡正在發表它陳年的濃郁

店裡小座多餘的情節要卜算故事進程

一起遙想到了現代扮裝的羲皇上人
他手拈空悵心滿滿的在啜飲杯底的欣遇

　　在謄抄前，都先徵詢過業主選紙色的意見；而我也考慮到同一種顏色紙張放久了「新鮮感」可能會減退，所以就多做了異色備份，以便可定時更換而不會讓熟客瞧了膩煩。

　　上述作品處理好後，我立即送到店裡擺放。業主乍見頗感驚奇，邊瞧邊指說某詩某句很有趣，還在檯面和桌面試作互換，甚至將所有備份一起陳列。我跟她解釋這是專為定點設計，不宜像她那樣布置。如果把備份全部出示，一定會重複的很詭異；而將組詩移到漂流木桌面，就像麵包裹著熱狗，勢必也會美感盡失。不過，看著她忽然一身輕燕，在桌椅間飛舞，登時一改先前給我「沉悶形象」的感覺，當下也就釋然沒有再強調我的用意。

　　其他六張小方桌，在玻璃墊底下早已壓著咖啡分布地圖、咖啡具介紹書和一些旅遊資訊等東西。為了不侵佔裡頭空間，我分別以大小不等的紙張，書寫極短篇小說：

極速

　　一隻黑毛狗，不滿意一輛銀色轎車，狂吠著緊追了二〇〇公尺。

　　突然，車窗搖下，拋出一塊肉，牠立刻忘了吠車。

這篇寫在一張半個手掌大的貓臉型的便利貼紙上，擺放的位置是一張僅夠疊貼的方桌一角，被遮住的地圖文字看來不關緊要。

隱形人

他隱身進入銀行的保險庫，沒有觸動警鈴。

出來後，遇到一場大火，揣在懷裡的鈔票被燒成灰燼。

經過一個星期，有位刑警在地板上踩到一枚男子壓扁的唇印。

這篇寫在一張有卡通人頭圖案的方型便利貼紙上，正適合放在另一張留有相當縫隙的方桌上面。

晚景

兩個老人坐在堤岸吹海風。

「夕陽已經從我們背後下山了，」女的先開口說話，「為什麼綠島上空還有紅色的雲？」

「就像人老了會有意外的第二春。」男的漫應著。

女的倏地站起來，面露慍色。逕自離去前，丟下一句話：「我就知道陪你來看海的人是另一個人！」

這篇寫在一張長方型的紫色便利貼紙上，邊牆旁擺著未併排的一張方桌，就找了桌面一個不礙遮蔽的位置擺放，可以讓想單獨享受那個空間的客人欣賞。

蝶變

朋友從澎湖帶給他一尊玄武岩雕像。

「送你，」朋友說，「紀念我們的友情。」

雕像正在打黑色的太極拳。他把它放在書櫃上，每天看它四五回。

最近雕像喜歡走下來教他一些招式。他學會了用轉頭偵測敵人的動向，最後把自己練成了一尊雕像。

朋友又來了，看著他。

「送你，」他說，「紀念我們的愛情。」

這篇也寫在一張同款式的綠色便利貼紙上，特別擺在角落另一張未併排的方桌上，位置靠近座位處，客人看了想笑也不會被察覺。還有兩篇，我做了特別的安置：

創意

男子中年失業，想自己創業，卻苦無宣傳對策。

一天，遇見一位久未謀面的朋友，話題聊開了，才知道對方正在從事創業顧問的工作。

「我想開一家模特兒仲介公司，」男子問道，「你覺得要怎麼招攬客戶？」

「公司名稱很重要，」朋友說，「像黑店、妖怪村、海盜屋，使用的店家和遊樂區，都很賺錢，你也可以想一個。」

禁不起男子一再要求，那位朋友終於幫他出了主意：

「你就取作『凹凸人力集散中心』吧！」

非非想地

寺院來了一個人，想求法了脫生死。

「禪房後面有茅坑。」禪師說。

「就是這麼簡單？」來人問道，「可是我怕臭，怎麼辦？」

「茅坑旁邊有水池。」禪師回答。

「你的意思是叫我再跳進去洗一洗？」來人又問道，「可是我怕冷，怎麼辦？」

禪師不再理會，逕去取竹帚往外掃地，灰塵紛紛飄向來人停在門口的自用轎車。

有兩張併排的方桌斜角都沒有放東西，這兩篇擺上去，一來可以補白；二來也有醒眼的效果，因為我分別用一淺綠一土黃的中長方型貼紙書寫，彼此可以相互寓意。

此外，化粧室也幫業主布置了。這只考慮到讓如廁者有好心情，所以不用較費解的詩和小說而用笑話：

夢想

一位男子擁著太太睡覺，對她說：「如果你是瑪麗蓮夢露多好。」

「我也這麼想，」太太回嘴道，「如果我是瑪麗蓮夢露，就不會跟你睡在一起了。」

別讓我不及格

小傑剛入學不久，就碰到了第一次考試。他很緊張，就告訴爸爸。爸爸警告說：「如果沒有超過六十分，準有人挨巴掌。」

第二天小傑憂心忡忡的來到學校，對老師說：「不是我嚇唬您，我爸爸說，如果我這次考試不及格，準會有人挨巴掌。我想除了我們倆，還會有誰？」

醉漢與計程車司機

有個喝得兩眼迷離的酒鬼，在臺北西門町招來一輛計程車。

「我要到西門町。」酒鬼口齒不清的說。

「老兄，你現在就在西門町了。」酒鬼望望四周，然後塞給司機一○○元，說道：「不用找啦，記得下次別開這麼快，太危險了！」

這三則也是選用適當的貼紙書寫，前二則貼在馬桶後面牆壁兩側；後一則貼在洗手檯右上方。除了這三則純屬改編自市井流傳的笑話而無從署名，其餘作品我都在文末簽上我的筆名「谷暘」，以示這是有著作權的。

當中組詩部分，我請業主打字排版成一小長條，預備掛在玻璃門上當作另一種店招，她也是只請別人代打應付而沒有依約照作。

初期布置完畢後，隔天我找較少客人的晚餐時間，去店裡要問剩餘的進度。不料，一進門就看到吧檯和長桌的詩都被收起來了。

「這是怎麼回事？」我問。

「客人說它礙著她放杯子。」業主指著吧檯原來擺放組詩的位置說。

「它可以往上推，也可以左右移動，會礙著誰？」我再把先前設計的理念重複一遍。

「反正她們就是不喜歡那裡有別的東西。」她這等於是在代客人耍賴了。

聽到這裡，我終於明白了：她的客人有文字閱讀障礙，而她也突然患了文學低能症；不然她應該要能跟對方說明「喝咖啡配欣賞詩」的樂趣，而她的客人也不致看到文學作品就一逕的想把它推開。

又回復原狀的長桌，不用問也知道是同樣的情況。驀地，我想到半個月來所花的心思，才一天工夫就被糟蹋殆盡，哀感不禁從胸中升起。而看著眼前的景象，我不敢再想像後續的布置了。

果然，業主接下來的談話，完全一改先前的口吻。她先揪舉說組詩中有幾首寫的不對味；後質疑說文學布置如果不能給店家加分又何必有它？我知道這都是別有用心的外行話，但還是耐著性子跟她解釋：

「詩不是在『反映』你的咖啡，而是在跟你的咖啡『對話』；它營造了一種距離美感，可以讓你的咖啡喝起來更香醇、更有氣氛。」

她沒有答腔，只去取飯盒，坐在長桌，嘴裡開始嚼著她的晚餐。我繼續說：「沒錯，文學布置無法保證立即讓你的客人增加幾倍，但它會細水長流，吸引有品味的人常來你的店光顧和消費。」

她還想辯解什麼，卻因為食物嚥的太快而把話也吞了下去。我再藉機說服她：

現有咖啡店只要願意加入文學布置都可以更顯特色

「好比其他的咖啡店，也都會在牆壁上掛幾幅畫，免得空蕩蕩而缺乏視覺美感。同樣的，那也無從估算可以給店家增加多少營業額，但可以肯定的是顧客在享用咖啡時心情比較輕鬆愉快，而有利於他下次再來或幫店家作宣傳。」

「可是文學跟畫不一樣……」她停下咀嚼，又想否定我在她店裡所做的一切。

「文學布置當然不一樣，」我把話題搶回來，「它可以提供更豐富的審美享受。就像這次幫你做的，就有詩、小說、散文等多種文類，題材也頗多樣化；以後還可以定期作局部更換和增補，如果是藝術布置就不可能這麼靈活多變。」

「但是我的客人不習慣這些東西。」

是呀，我差點忘了她的客人有文字閱讀障礙。而經她這一提醒，我忽然領悟到一點：未必是她的客人不喜歡這些東西，而是長期以來她們在一起已經培養出可以彼此交心的默契；對方獨自或夥伴來到店裡，都有共同的咖啡語言，又能分享旅遊、飲食、時尚、信仰等經驗；如今多出陌生人的作品，彷彿是異物來犯，必須敵對排斥它，才能確保內部的私密情誼不被侵蝕。無奈我沒有可以跟她

們溝通的機會，而患了文學低能症的業主又如此輕忽開發新客源的重要性，結果就是這般一切付諸流水的慘澹景況。

感覺已經沒有可以挽回的餘地了，趁有客人進來，我先行告退。回到住處，撥電話給王萬象教授，通知他合作破局，不必再費心在那家店了。簡齊儒教授聽到他的轉述，立刻來電安慰，一起為這種戲劇性的變化深感不可思議！

其實，跟業主交談到最後，她連「我不想讓客人在廁所待太久」、「我的店只擺跟咖啡有關的東西就好」一類全盤否定兼下逐客令的話都出來了。尤其是前句話剛從她嘴巴冒出時，我還愣了一下，心裡想「這跟我有什麼關係」；後來才意會到她是嫌化粧室的笑話會勾引客人久留。起初，我故意問她：

「怎麼？客人會帶書進去蹲馬桶嗎？」

「不是，」她臉上閃過一絲惱意，「我沒有書給客人帶進去，是擔心那些笑話留住客人。」

真的對文學隔閡就是對文學隔閡。倘若有人進去看到笑話，樂不可支而不想出來，那我們真要服了他；問題是憑常識判斷，這種事根本不會發生。

「只不過是幾則笑話，逗客人開心而已。」我明知道沒用，還是辯護幾句：「如果真有客人發神經被它們迷住了，你還是可以警告他們，甚至把他們列為拒絕往來戶。」

我相信她是做得到的；憑她從不把「請坐」、「謝謝」、「再見」掛在嘴邊的強硬個性，以及只要有人看不懂吧檯後面小黑板上「請自助」三個字或忘情的喧嘩一番她就要擺出臭臉的脾氣，絕對可以犧牲那區區一〇〇元而請對方走路。稍早，她還跟我實說：

「以前在稅務機關工作慣了，退休後作這一行，始終說不出『歡迎光臨』、『謝謝光臨』幾句話。」

「你賣的咖啡是進口的高檔貨，實在說也不必對人客套。」我半附和著她。

「也不是這樣，」她反噴有難言，「過去都⋯⋯現在低聲下氣不來。」

她要說的那句「過去都只有被仰望」或「過去都是凌駕別人」，卻沒說出口。是否也是因為她轉換身分有困難卻又強要作這一需要轉換身分的販賣工作，所以在某些關鍵的決策（如透過文學涵養來美化氣質）上才會猶豫不已？這我還沒有機會深入了解，不敢斷言。

縱是如此，對於她這種「前迎後拒」的矛盾性格，卻是多有跡可尋。如由於她的咖啡賣的比別人便宜，所以客人得自助；不自助的話，就要擺臭臉給他看。但人家來店裡消費，不就是要享受你的服務，怎麼既要賺人家的錢又不給服務？

又如她希望客人多買她的咖啡豆而少在店裡飲用。那你何必開咖啡店，乾脆只作批發生意就好了嘛！

又如她說開咖啡店是為了結交朋友，分享她多年鑽研的咖啡經驗，同時也讓店裡成為客人交流學思的地方；但店裡窄，有些客人嗓門大，講話聲近似喧嘩，而她這時也會給臭臉看。這不就顯示前面那些都只是門面話，她真的想要的是客人老老實實且安靜地坐在位子喝咖啡就好了？

顯然面對這樣觀念觸處有邏輯問題的人，是很難引為合作的夥伴的，我得看開了；而實際上，對方也不太可能會反悔：明知道要開發新客源，卻又阻絕可以幫她達成願望的助力。想到這裡，我在她的店打烊前，給了她一通中止合作的電話：

「既然你那麼容易被老顧客左右，而不想嘗試一點改變，我們也無能為力再為你效勞了。」

她聽後，嗯了一聲，口氣轉為興奮，不知是裝傻還是真的不通人情，居然回了一句：「我店裡還是可以部分讓你們擺作品呀！」我被她這般折騰，已經「心累」到極點，想重重數落她一頓，也沒那力氣了。

「那些作品，如果你不保留，就撤掉；如果你要保留，就請幫忙拍照存檔，以免有人侵權時想追究而缺乏依據。」

這是最後我在電話中說的話。本來以為倘若合作成功，我會再找一向快筆的友人董恕明教授來參與，連王萬象教授和簡齊儒教授一起，四個人合力把這家咖啡店打造成最多特色的店，持續的為它研發附加產品，也為我們的文學服務的推廣再邁進一個里程。但遺憾的是，業主不識貨，沒能在她那裡落實「文學美化環境和心靈」的理想。

還有這次是緣於簡齊儒教授的引介，只想純粹義務回饋地方，根本沒計畫要跟對方收費；甚至連近千元的材料費也是我一個人吸收。但換來的卻是這種待遇，豈能不浩嘆一場！可見這是我誤判了情勢，大夥想用文學來濟渡世界的道路還有絆腳石。

3.既成功布置又持續在維修的例子

關山位在花東縱谷中段富饒的地帶，自從開闢了環鎮自行車道後，此地就成了南來北往遊客喜愛停留的中繼站。大家在這裡嚐美食、騎鐵馬，看稻浪翻飛，自由慢行，可以過幾天舒暢愜意的生活。由於遊客來的勤，住宿需求大，所以民宿業也就特別發達，只不過還不見有文學美化這種現象。因此，基於試驗性質，我選了比較有特色的二分地民宿這一家，經過溝通和多次實地考察，成功的幫業主策劃並實際布置了文學作品。現在就將整個裝飾過程，略作一點還原式或流程式的介紹。

二分地的取名，純粹是跟佔地有關。民宿主人告知，這裡的地正好是臺畝二分，所以就因便以它為名。它位居里壠崁頂的南端，靠近省道臺九線，離市區三分鐘車程。因為是農地改建，受限於建築面積，以至留有一大半的空間規

二分地民宿正景

劃為池塘、草坪、涼亭、菜圃和花園等；而房舍後方，另有一片竹林掩映，可說是巧構兼景觀別緻。

民宿主人還告知，為了駭怕前方的稻田日後休耕蓋起房子會擋住視線，於是一併把它買下來。這樣到這裡住宿的遊客，走出戶外就可以飽覽四周的風光而不受阻礙，想必是比別的地方更令人心曠神怡。而我在幾次的探訪中，也試著站在每個角落感受一下它的氣息，眼前有藍天白雲撫慰著青山綠地，以及蝶舞鳥鳴引來和風吹拂，總覺得景象清新秀麗，確是投宿的好地方。也因此照著它的特性，很順利的展開了這次的文學布置。

在入口處左側，置放著一顆大石頭，上面彩繪民宿的招牌。我再度商請友人王萬象教授出馬，為它創作一首古典詩配合書於石頭的餘面。他選體的是七言絕句：

望至　王萬象

里壠峰前朝復暮
雲天翠陌紫氳氳
關山野水燈千戶

崁頂風光地二分

詩已經請民宿主人用金黃色油漆寫上了。而在入口處右側，栽著一顆小石頭，足夠容納兩句話，因此我自己以筆名谷暘為它題了一副對聯「二山排水樓勝地，分向晉心客春風」，同樣也請民宿主人用金黃色油漆書寫。這一詩一聯的出現，應該有助於民宿「更增典雅」。

　　往前走，會看到池塘、草坪、涼亭、菜圃和花園等景觀，除了草坪保留它可以作活動的空間，其餘都「按頭製帽」為它們撰寫了詩文裝飾：

邂逅

藍天催促著一片白雲離開
它的尾端曳著兩串穿絲的詩句

一隻午鷹出來叼走盤旋的那一串
揉縐的那一串輕輕地想把字詞放走
山風撿到飄忽的寂寞

詩句還在閒蕩
餘韻嵌著豔陽浮浮的劍光
告別是重逢的最新儀式

返內旅店用幾分清醒寫真
吟誦救回了一句你去等待另一句

二分地民宿入口文學布置實況

觀外觀

搖落的不是松風
有旅人結伴坐忘毛細孔在監看
那邊的亭子邂逅了一句詩
裡面儲蓄了青山素顏超時的嫵媚
對覷一眼雙雙都說相望兩不厭
籬笆內的橄欖把愛伸出來
不能遐想那是鄰居額外寄放的禁忌
給你一副對聯守著入口的石敢當
望至絕句陪襯二分地的彩繪
詩意熟到我們的果園菜圃

採摘一枚喜孜孜的希望

蓊鬱從地面爬進你藍色的睡夢

前者是專為涼亭而抒發的；後者是把菜圃和花園合成一個單位（因為它們緊鄰在一起）而賦予的，希望有情景相映的效果。至於池塘部分，現在正飼養著幾條大錦鯉，可能還有其他小魚蝦，因為無意中聽到民宿主人說偶爾會有白鷺鷥飛來覓食，所以我就根據這項信息而設計了一段俏皮的戲劇對白和另附所需的謎語：

白鷺鷥與錦鯉的對話

錦　　鯉：你把我們池塘的小魚都吃光了，還在找什麼？

白鷺鷥：不夠飽，來看看還有沒有蝦子或更大的魚。

錦　　鯉：就我們幾條了，你咬得動就咬吧！

白鷺鷥：不要，你們的肉太老，我啃不了。

錦　　鯉：這樣吧，如果你能猜對那邊牆上十道謎語，我們就
　　　　　生幾個給你當晚餐。

（白鷺鷥從此一去不返，據說牠無法完全答對，羞愧得不敢回來）

謎語

1.螢火蟲爸爸、媽媽帶著小螢火蟲出遊，為什麼只看到兩個閃光？

2.動物開同學會，誰去聯絡？

3.水果開會，誰會先溜？

二分地民宿室外景觀文學布置

4.綠豆從五樓摔下來，結果怎麼樣？

5.世界那一種螺絲最大？

6.為什麼公馬跑得比母馬快？

7.爛蘋果、蛀牙、未婚懷孕的共同性是什麼？

8.有一件事情，男的站著做，女的坐著做，小狗翹著一條腿做，到底是什麼？

9.寺廟為什麼只建在北半球？

10.全世界都喜歡聽的兩個字是什麼？

　　上述這些作品，民宿主人都予以打字加插圖，護貝貼在牆邊和豎立在木板上。有關戶外景觀就先裝飾到這裡，大部分的作品還得留給室內那一已經利用大半的「零碎空間」。

　　我一樣先請王萬象教授創作幾首應景詩，並跟民宿主人商量提供照片搭配，分別嵌入紙相框，排成階梯狀，布置在正對門口的牆壁，一方面補白，一方面也方便投宿客遐想。那幾首詩，律絕參錯，甚有韻味：

關山月　王萬象

月出照關山
澄輝灑宇寰
千家燈影靜
萬戶謦聲閒
風逐環車道
光分碧海灣
回輪時入夢
縱谷展開顏

鷺鷥湖　王萬象

林間草樹遠連空
水岸飛來白鷺鷥
瀲灩新湖垂晚照
華燈遍遶實桑時

舊鐵道　王萬象

迴廊鋪棧道
枕木緊勾連
草樹燈花側
風煙遍稻田

活水湖　王萬象

鏡黛煙鬟依接海
波潮捲浪到洄瀾
滄溟漫汗連洲渚
林樹霏霏鎖暮寒

琵琶湖　王萬象

琵琶湖水綠
絕響阻風波
海畔林間靜
吟哦歲月多

　　此外，室內牆壁上早已有許多幅裱框的水彩畫，我就針對畫下方的空白處各別撰寫主題詩和極短篇小說（只為形式上相發而無法跟畫的內容配合）。當中主題詩有三首：

二分地四季速寫

薄霧輕漫的朝野外聚攏
合力孵育出一個季節的青翠
白鷺鷥用牠的嘴在水田中垂釣
仰首看到天空靦腆的笑容

蟬鳴從一片樹林颺向另一片樹林

煥熱的風裡有啷啷的波浪交錯纏鬥
午後一臺割稻機橫掃贏走滿地的金黃
幾隻麻雀帶著莫名驚嚇僅剩的膽量去賭注
預見豔陽的烤炙自己懶懶的回應

黃葉寂寥的飄離枝頭
紛紛在尋找汪洋想盪出一艘小船
還不到颯颯時節的風吹亂了頂上的彤雲
一對黑鶩飛來巡視牠們的領空
背後拖著半截皺過的航道

二分地民宿室內文學布置搭配既有陳設情況

北風從兩條山脈間逍遙的穿出
點收第二季的穀子後又給大排大圳分布冷峻
環鎮自行車經過崁頂別忘了放一條線
里壠的主人有滿握的溫暖在等待

第N次驚蟄

響雷敲醒春天的節奏
呻吟聲把連線的感動翻出雨露的滋味
然後一起哼著旋律活跳

眾鳥聯袂到了
叼起一條又一條興奮的蟲
牠們要祭拜失落許久的欲望
清廉的和風從旁邊吹過

新芽站上林梢探頭在瞭望
花草趕著跟它唱無聲的雙簧
蝴蝶舞蹈還要跑一趟龍套
票戲的老饕留給盡處的那座土丘

幹活啦雙手
太多嘴巴忙著吆喝你們種一棵青嫩
四個月後捧起歡笑來收成
小城的故事正在擴編

年輕的去衝擊夜色
白天的公車上讓給老人消磨閒磕牙
他們都在測度走丟的歲月

舌尖小旅行

沿著九號公路分節奔馳
花東縱谷山水飽含吐露的沁涼
在你的擁抱中補綴了長長的記憶
隨後味覺會從一座廟開始

老店的肉圓滾出粒粒彈牙的驚奇
香酥掉的臭豆腐陪你再勇戰一碗切仔麵
蓮花池畔還有新募的農村小炒
歇業去的紅瓦屋經過時用鼻子遙想它的山地美食
回頭到月眉麗荷園颳一頓蟲蟲大餐

返鄉的伴手禮先讓眼睛品嚐幾遍
花生酥裡有情思濃稠的麥芽糖和海苔
帶一包手工香腸給貪婪的嘴巴它最會嘀咕失去的童年
皇帝米也能把廚房的想望寄在沉甸甸的歸途
關山的DIY行程充滿自贖的樂趣

最後敏銳的感覺留到親水公園
舔一口那裡的雁鴨叫聲舌頭麻麻的
目光吞嚥不了滿樹白花花的鷗鷺

有噴泉送來一桌喧嘩的盛餐

向北往南餵過的腸道讓它自然彎曲
把食欲牽回來歸隊
心要駕駛繼續跟餘味纏綿

這些詩經過打字加插圖護貝後，布置在進門兩側三幅水彩畫的下方。其餘的都用極短篇小說，也是先打字加插圖護貝再貼上。由於來投宿的偏多是公教人員，所以我撰寫的極短篇小說也儘量選類著墨，以便「投其所好」或「引其發想」。因為篇數多，為了不佔篇幅，僅擇錄兩篇作為代表：

食道的距離

兩名皮膚黝黑的中年男子，徵詢一個高中生的同意，跟他同桌用餐，因為飲食店的其他位子都坐滿了。

「你才叫五個水餃噢，太少了。」其中較胖的男子一坐下來就張嘴說話。

「我還點一碗榨菜肉絲麵。」高中生怯怯的回應。

「不夠！」胖男子又訓道：「年輕人一餐起碼也要吃三碗麵。」

高中生臉頰紅了起來，不知道怎麼搭腔。對方又問：

「你以後想當老師嗎？」

高中生搖了搖頭。

「怎麼不想？當老師很好呀！」

「沒興趣。」

較瘦的男子停下咀嚼，仰起臉問道：

「那你準備考什麼科系？」

「哲學系。」

「哦，那千萬別唸成神經病！」

兩人就這樣你一言我一語，讓高中生尷尬的扒完那碗麵。

臨走前，他突然提高音量對兩人說：

「你們又不是我爸爸，管我那麼多！」

有此一說

施老師教學生一邊打節拍，一邊寫歌詞，被巡堂的校長喊了過去：

「體育課，你怎麼把他們留在教室！」

「報告校長，」施老師謙恭的說，「我在教他們作腦部運動。」

一星期後，校長又經過同樣的教室，看見施老師手彈吉他，正在教學生唱歌。

「你把教室當作操場？」校長走進去滿臉不悅的問。

「報告校長，」施老師又謙恭的說，「我在教他們作口腔運動。」

連續幾個星期的腦部、口腔運動後，施老師把學生帶到操場打排球。

趁兩隊人馬正在廝殺時，施老師對站在一旁的校長說：

「校長您看，它們反應靈活，還會打帕司，都是先前在教室練過腦袋和嘴巴的關係。」

至於客房，共有七間，只先在浴室布置改編的笑話各兩則，以供房客解頤，其他的空間等日後有機會再考慮要怎麼添加作品。即使是這樣，整棟民宿裡外已經給它裝飾了三十幾篇不同類型和性質的作品，信息量忒多，應當足夠投宿客欣會吟哦了。

　　原先的構想，還希望民宿主人也寫一篇感興的散文，準備放在櫃檯或茶几上，好跟來客「搏感情」，但對方始終事忙，未能如願，這也只好俟諸異日了。其實，室內外都有可以再強化裝飾的地方，但因為往後還得維修和汰換更新，所以有關作品布置部分就暫時告一段落。倘若因緣俱足，我還願意再為民宿主人籌劃雅集或藝文活動等動態文學裝飾，以及開發一些附加產品（如卡片、飾物和童玩等），讓這間民宿繼續升級到擁有最多特色。

附錄：作者著作一覽表

一、論著

1. 《詩話摘句批評研究》，臺北：文史哲，1993。
2. 《秩序的探索——當代文學論述的省察》，臺北：東大，1994。
3. 《文學圖繪》，臺北：東大，1996。
4. 《臺灣當代文學理論》，臺北：揚智，1996。
5. 《佛學新視野》，臺北：東大，1997。
6. 《臺灣文學與「臺灣文學」》，臺北：生智，1997。
7. 《語言文化學》，臺北：生智，1997。
8. 《兒童文學新論》，臺北：生智，1998。
9. 《新時代的宗教》，臺北：揚智，1999。
10. 《佛教與文學的系譜》，臺北：里仁，1999。
11. 《思維與寫作》，臺北：五南，1999。
12. 《中國符號學》，臺北：揚智，2000。
13. 《文苑馳走》，臺北：文史哲，2000。
14. 《作文指導》，臺北：五南，2001。
15. 《後宗教學》，臺北：五南，2001。
16. 《故事學》，臺北：五南，2002。
17. 《死亡學》，臺北：五南，2002。
18. 《閱讀社會學》，臺北：揚智，2003。
19. 《文學理論》，臺北：五南，2004。
20. 《語文研究法》，臺北：洪葉，2004。
21. 《創造性寫作教學》，臺北：萬卷樓，2004。

22.《後佛學》，臺北：里仁，2004。

23.《後臺灣文學》，臺北：秀威，2004。

24.《身體權力學》，臺北：弘智，2005。

25.《靈異學》，臺北：洪葉，2006。

26.《語用符號學》，臺北：唐山，2006。

27.《紅樓搖夢》，臺北：里仁，2007。

28.《語文教學方法》，臺北：里仁，2007。

29.《走訪哲學後花園》，臺北：三民，2007。

30.《佛教的文化事業——佛光山個案探討》，臺北：秀威，2007。

31.《轉傳統為開新——另眼看待漢文化》，臺北：秀威，2008。

32.《從通識教育到語文教育》，臺北：秀威，2008。

33.《文學詮釋學》，臺北：里仁，2009。

34.《反全球化的新語境》，臺北：秀威，2010。

35.《文學概論》，新北：揚智，2011。

36.《語文符號學》，上海：東方，2011。

37.《生態災難與靈療》，臺北：五南，2011。

38.《華語文教學方法論》，臺北：新學林，2011。

39.《文化治療》，臺北：五南，2012。

40.《華語文文化教學》，新北：揚智，2012。

41.《文學經理學》，臺北：五南，2016。

42.《文學動起來——一個應時文創的新藍圖》，臺北：秀威，2017。

二、詩集

1.《蕪情》，臺北：詩之華，1998。

2.《七行詩》，臺北：文史哲，2001。

3.《未來世界》，臺北：文史哲，2002。

4.《我沒有話要說——給成人看的童詩》，臺北：秀威，2007。

5.《又有詩》，臺北：秀威，2007。

6.《又見東北季風》，臺北：秀威，2007。

7.《剪出一段旅程》，臺北：秀威，2008。

8.《新福爾摩沙組詩》，臺北：秀威，2009。

9.《銀色小調》，臺北：秀威，2010。

10.《飛越抒情帶》，臺北：秀威，2011。

11.《游牧路線——東海岸愛戀赤字的旅行》，臺北：秀威，2012。

12.《意象跟你去遨遊》，臺北：秀威，2012。

13.《流動偵測站——列車上的吟詩旅人》，臺北：秀威，2016。

14.《詩後三千年》，臺北：秀威，2017。

三、散文小說合集

1.《追夜》，臺北：文史哲，1999。

四、傳記

1.《走上學術這條不歸路》，新北：生智，2016。

五、雜文集

1.《微雕人文——歷世與渡化未來的旅程》，臺北：秀威，2013。

六、編撰

1.《幽夢影導讀》，臺北：金楓，1990。

2.《舌頭上的蓮花與劍——全方位經營大志典：言辭卷》，臺北：大趨勢，1994。

七、合著

1. 《中國文學與美學》（與余崇生、高秋鳳、陳弘治、張素貞、黃瑞枝、楊振良、蔡宗陽、劉明宗、鍾屏蘭等合著），臺北：五南，2000。

2. 《臺灣文學》（與林文寶、林素玟、林淑貞、張堂錡、陳信元等合著），臺北：萬卷樓，2001。

3. 《閱讀文學經典》（與王萬象、董恕明等合著），臺北：五南，2004。

4. 《新詩寫作》（與王萬象、許文獻、簡齊儒、董恕明、須文蔚等合著），臺北：秀威，2009。

語言文學類　PG1854　文學視界86

文學動起來
——一個應時文創的新藍圖

作　　者 / 周慶華
責任編輯 / 林昕平
圖文排版 / 楊家齊
封面設計 / 葉力安

發 行 人 / 宋政坤
法律顧問 / 毛國樑　律師
出版發行 / 秀威資訊科技股份有限公司
　　　　　114台北市內湖區瑞光路76巷65號1樓
　　　　　電話：+886-2-2796-3638　傳真：+886-2-2796-1377
　　　　　http://www.showwe.com.tw
劃撥帳號 / 19563868　戶名：秀威資訊科技股份有限公司
　　　　　讀者服務信箱：service@showwe.com.tw
展售門市 / 國家書店（松江門市）
　　　　　104台北市中山區松江路209號1樓
　　　　　電話：+886-2-2518-0207　傳真：+886-2-2518-0778
網路訂購 / 秀威網路書店：http://store.showwe.tw
　　　　　國家網路書店：http://www.govbooks.com.tw

2017年10月　BOD一版
定價：250元
版權所有　翻印必究
本書如有缺頁、破損或裝訂錯誤，請寄回更換

國家圖書館出版品預行編目

文學動起來：一個應時文創的新藍圖 / 周慶華
著. -- 一版. -- 臺北市：秀威資訊科技，
2017.10
　　面；　公分. -- (文學視界 ; 86)
BOD版
ISBN 978-986-326-462-0(平裝)

1. 文學與人生　2. 文學社會學

810.72　　　　　　　　　　106014915

讀 者 回 函 卡

感謝您購買本書，為提升服務品質，請填妥以下資料，將讀者回函卡直接寄回或傳真本公司，收到您的寶貴意見後，我們會收藏記錄及檢討，謝謝！如您需要了解本公司最新出版書目、購書優惠或企劃活動，歡迎您上網查詢或下載相關資料：http:// www.showwe.com.tw

您購買的書名：_____

出生日期：_____年_____月_____日

學歷：□高中 (含) 以下　　□大專　　□研究所 (含) 以上

職業：□製造業　□金融業　□資訊業　□軍警　□傳播業　□自由業
　　　□服務業　□公務員　□教職　　□學生　□家管　□其它_____

購書地點：□網路書店　□實體書店　□書展　□郵購　□贈閱　□其他

您從何得知本書的消息？

　□網路書店　□實體書店　□網路搜尋　□電子報　□書訊　□雜誌

　□傳播媒體　□親友推薦　□網站推薦　□部落格　□其他_____

您對本書的評價：(請填代號　1.非常滿意　2.滿意　3.尚可　4.再改進)

　封面設計____　版面編排____　內容____　文／譯筆____　價格____

讀完書後您覺得：

　□很有收穫　□有收穫　□收穫不多　□沒收穫

對我們的建議：_____

_____

_____

_____

11466
台北市內湖區瑞光路 76 巷 65 號 1 樓

秀威資訊科技股份有限公司 　　收

　　　BOD 數位出版事業部

··

（請沿線對折寄回，謝謝！）

姓　　名：＿＿＿＿＿＿＿＿　年齡：＿＿＿＿　性別：□女　□男

郵遞區號：□□□□□

地　　址：＿＿＿＿＿＿＿＿＿＿＿＿＿＿＿＿＿＿＿＿＿＿＿＿

聯絡電話：(日) ＿＿＿＿＿＿＿＿＿＿　(夜) ＿＿＿＿＿＿＿＿＿

E-mail：＿＿＿＿＿＿＿＿＿＿＿＿＿＿＿＿＿＿＿＿＿＿＿＿＿